千柱之城
La ciudad de las columnas

[古巴] 阿莱霍·卡彭铁尔 著
[意] 保罗·加斯帕里尼 摄
陈皓 译

人民文学出版社

著作权合同登记号　图字 01-2022-4177

Alejo Carpentier
La ciudad de las columnas

Copyright © Alejo Carpentier, 1970 and Fundación Alejo Carpentier
Photos © Paolo Gasparini
Simplified Chinese translation copyright © 2025
by Shanghai 99 Readers' Culture Co., Ltd.
All rights reserved.

图书在版编目(CIP)数据

千柱之城 ／（古）阿莱霍·卡彭铁尔著 ;（意）保罗·
加斯帕里尼摄影 ; 陈皓译. -- 北京 : 人民文学出版社,
2025. -- （卡彭铁尔作品集）. -- ISBN 978-7-02
-019170-3
Ⅰ. I751.65
中国国家版本馆 CIP 数据核字第 2025ZH5F54 号

责任编辑	朱卫净　周　展
装帧设计	汪佳诗
封面绘画	赵　瑾

出版发行	人民文学出版社
社　　址	北京市朝内大街 166 号
邮政编码	100705
印　　制	山东新华印务有限公司
经　　销	全国新华书店等
开　　本	889 毫米×1194 毫米　1/32
印　　张	4.125
字　　数	24 千字
版　　次	2025 年 3 月北京第 1 版
印　　次	2025 年 3 月第 1 次印刷
书　　号	978-7-02-019170-3
定　　价	69.00 元

如有印装质量问题，请与本社图书销售中心调换。电话：010 - 65233595

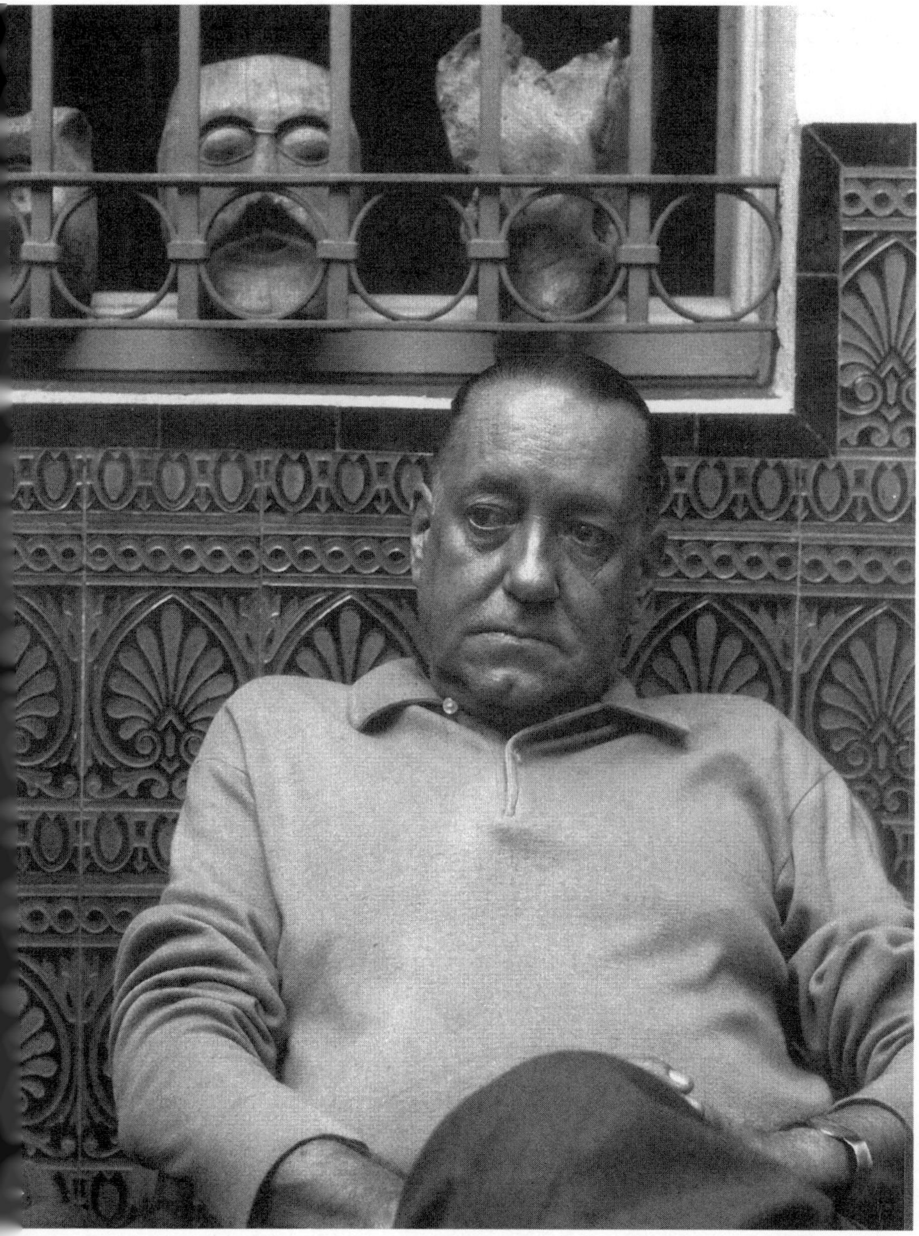

大师中的大师——卡彭铁尔（代序）

陈众议

拉美"文学爆炸"早已尘埃落定，但有关讨论仍一直没有终结，在可以想见的未来也难有定论。自从世纪之交转向更为古老的西班牙文学，我已经很少再就拉美文学发声了。这次是个例外：应了老朋友黄育海先生和心仪的九久读书人之约，得以重拾旧梦，聊慰契阔之情。

说起拉美文学，大家首先想到的也许是加西亚·马尔克斯，殊不知先他进入世界文坛聚光灯下的却另有其人。譬如聂鲁达，又譬如阿斯图里亚斯，再譬如卡彭铁尔，等等。后者便是今天的男主角。至于女主角，则可能是九久读书人中的某一位编辑，她的芳名我就不提了。

一、浪子回头

帕斯的名言是"只有浪子才谈得上回头"。此话贴合几乎所有现当代拉美作家。他们囿于各种原因离开美洲大陆,到古老的欧洲寻宝;但开启宝藏之门的并非《阿里巴巴和四十大盗》中的芝麻秘诀,而是蓦然回首。

阿莱霍·卡彭铁尔(Alejo Carpentier, 1904—1980)出生在哈瓦那,父亲是法国建筑师,母亲是俄国钢琴家。由于家庭背景特殊,他从小在法国、奥地利、比利时和俄国上学。以上是作家生前的自述。而今,学界有心人经过好一番探赜索隐,发现事实也许未必如此。虽然卡彭铁尔天资不凡,从小精通多种语言,并在建筑、音乐、文学等领域颇有造诣,但出身并不显赫。据后来的传记,他降生于瑞士的一个极为普通的人家,童年时期随父母移民古巴,定居在一个叫作阿尔基萨的乡下小镇。为贴补家用,他小时候一边上学,一边做小工,譬如早晨给临近的居民送牛奶。[1]青年时期他因参与反独裁活动,一度遭当局通缉,甚至锒铛入狱。

他的文学兴趣迸发于二十世纪二十年代。一九二三年,他在巴黎与同时身处法国的阿斯图里亚斯不期而遇,并双双

---

[1] https://www.biografiasyvidas.com/biografia/c/carpentier.htm.

加入布勒东的超现实主义阵营，尽管因为寂寂无名，并未被后者列入超现实主义诸公名单。为此，他与阿斯图里亚斯携手创办了第一份西班牙语超现实主义刊物《磁石》，尔后又殊途同归，开创了魔幻现实主义。

至此，花开两朵，我只能因循先人，各表一枝。

先说"寻根运动"。它无疑是对现代主义、先锋派和世界主义的反动，也是拉美文学真正崛起的重要原动力之一。二十世纪二三十年代，针对现代主义和汹涌而至的先锋思潮和世界主义，墨西哥左翼作家在抵抗中首次聚焦于印第安文化，认为它才是美洲文化的根脉和正宗。同时，正本清源也是拉美作家摆脱西方中心主义的不二法门。由是，大批左翼知识分子开始致力于发掘古老文明的丰饶遗产，大量印第安文学开始重见天日。"寻根运动"因兹得名。这场文学文化运动旷日持久，而印第安文学，尤其是印第安神话传说的重新发现催化了拉美文学的肌理，也激活了拉美作家的一部分古老基因。魔幻现实主义等标志性流派随之形成，并逐渐衍生出了以卡彭铁尔、阿斯图里亚斯、鲁尔福、加西亚·马尔克斯等为代表的一代天骄。我国的"寻根文学"直接借鉴了拉美文学，并已然与之产生了具有深远影响的耦合和神交。同时，基于语言及政治经济和历史文化等千丝万缕的联系，西方文学思潮依然对后殖民地国家产生了巨大影响。用卡彭铁尔的话说是"反作用"。它们迫使拉美作家在借鉴和扬弃中确立自己的主体意识或身份自觉。于是，在"寻根运动"、魔幻现实主义和形形色色的作用力和反作用力的催化下，结构现实主义、心理现实主义、社会现实主义等带有鲜明现实主义色彩的文学流派相继衍生，其作品在拉美文坛如雨后春笋般大量涌现，一时间令世人眼花缭乱。人们遂冠之以"文学爆炸"这般响亮的称谓。

再说魔幻现实主义。它发轫于二十世纪三十年代，而始作俑者恰恰是卡彭铁尔和阿斯图里亚斯。卡彭铁尔曾经这样宣称："我觉得为超现实主义效力是徒劳的。我不会给这场运动增添光彩。我产生了反叛情绪。我感到有一种要表现美洲大陆的强烈愿望，尽管还不清楚如何为之。这个任务的艰巨性激励着我。我除了阅读所能得到的一切关于美洲的材料之外没做任何事。我眼前的美洲犹如一团云烟，我渴望了解它，因为我有一种信念：我的作品将以它为题材，将有浓郁的美洲色彩。"[①] "这是因为美洲神话的源头远未枯竭，而这是由美洲的原始风光、它的构成和本原、恰似浮士德世界中的印第安人和黑人在这块大陆上的存在、新大陆给人的启示以及

[①] Carpentier: *Confesiones sencillas de un escritor barroco*, La Habana: Revista Cubana, 1964, XXIV, pp.22-25.

各个人种在这块土地上的大量混杂所决定的。"[1] 同时，超现实主义对他产生的影响又是毋庸讳言的，并且是至为重要的。它使卡彭铁尔发现了美洲的神奇现实（又曰魔幻现实）。卡彭铁尔说："对我而言，超现实主义有着十分重要的意义。它启发我观察以前从未注意的美洲生活的结构与细节……帮助我发现了神奇现实。"[2]同样，阿斯图里亚斯说："超现实主义是一种反作用……它最终使我们回到了自身：美洲的印第安文化。谁叫它是一个耽于潜意识的弗洛伊德主义流派呢？我们的潜意识被深深埋藏在西方文明的阴影之下，因此一旦我们潜入内心的底层，就会发现川流不息的印第安血液。"[3]

卡彭铁尔与阿斯图里亚斯不谋而合。因为，在反叛和回归中，他们发现了美洲现实的第三范畴：神奇现实或魔幻现实。阿斯图里亚斯说："简言之，魔幻现实是这样的：一个印第安人或混血儿，居住在偏僻的山村，叙述他如何看见一朵彩云或一块巨石变成一个人或一个巨人……所有这些不外乎村人常有的幻觉，谁听了都觉得荒唐可笑、不能相信。但是，一旦生活在他们中间，你就会意识到这些故事的分量。在那里，尤其是在宗教迷信盛行的地方，譬如印第安部落，人们

---

[1] Carpentier: *"Prólogo a El reino de este mundo"*, México: Fondo de Cultura Económica, 1949, pp.1—3.
[2] Carpentier: *Confesiones sencillas de un escritor barroco*, p.32.
[3] Alvarez, Luis: *Diálogos con Miguel Angel Asturias*, México: Fondo de Cultura Económica, 1974, p.81.

对周围事物的幻觉能逐渐转化为现实。当然那不是看得见摸得着的现实，但它是存在的，是某种信仰的产物……又如，一个女人在取水时掉进深渊，或者一名骑手坠马而亡，或者任何别的事故，都可能染上魔幻色彩，因为对印第安人或混血儿来说，事情就不再是女人掉进深渊了，而是深渊带走了女人，它要把她变成蛇、温泉或者任何一种他们相信的事物；骑手也不会因为多喝了几杯才坠马摔死的，而是某块磕破他脑袋的石头在向他召唤，或者某条置他于死地的河流在向他招手……"①

二、豁然开朗

二十世纪三十年代，卡彭铁尔在长篇小说《埃古—扬巴—奥》（1933）中初试牛刀。小说由三部分组成。第一部分写主人公梅内希尔多的童年时代，展示了黑人文化对主人公的最初影响：刚满三岁，梅内希尔多被爬进厨房的蜥蜴咬了一口。照料四代人的家庭医生老贝鲁阿赶紧在茅屋里撒一把贝壳，坐在孩子的床头上向着"主神"喃喃祷告。第二部

---

① Lowrence, G.W.: "Entrevista con Miguel Ángel Asturias", *El Nuevo Mundo*, 1970, I, pp.77-78.

分是主人公的少年时代，写他如何从一个少不更事的"族外人"变成一个笃信伏都教的"族内人"。第三部分叙述他为了部族的利益，不惜以身试法。结果当然不妙：他不但身陷囹圄，受尽折磨，而且最终死于非命。与此同时，黑人无视当局的禁令，化装成妖魔鬼怪，奏响了古老的鲁库米、阿拉拉和贡比亚，跳起了长蛇舞。在《一个巴洛克作家的简单忏悔》中，卡彭铁尔对《埃古-扬巴-奥》的创作思想进行了回顾，他概括说："当时我和我的同辈'发现'了古巴文化的重要根脉：黑人……于是我写了这部小说，它的人物具有相当的真实性。坦白地说，我生长在古巴农村，从小和黑人农民在一起。久而久之，我对他们赖以生存的宗教仪轨产生了浓厚兴趣。我参加过无数次宗教仪式。它们后来成了小说的'素材'……它们使我豁然开朗，因为我发现作品中最深刻、最真实、最具世界意义的，都不是我从书本里学来的，也不是我在以后二十年的潜心研究中得出的。譬如黑人的泛灵论、黑人与自然的神秘关系以及我孩时以惊人的模仿力学会的黑人祭司的种种程式化表演。"[①]

然后是《人间王国》，它和阿斯图里亚斯的《玉米人》被并称为魔幻现实主义的定音之作，而且同时发表于一九四九

---

① Carpentier: *Confesiones sencillas de un escritor barroco*, pp.33-34.

年。它们是美洲集体无意识的艺术呈现。过去人们一提到魔幻现实主义,就会想当然地援引加西亚·马尔克斯的话,即拉丁美洲是一片神奇的土地,他的每一句话都有案可稽。他并且据此否定自己是魔幻现实主义作家。然而,他笔下的神奇并非看得见摸得着的现实,而是"人间王国"中人的内心世界。

《人间王国》由四部分组成。第一部分写海地黑人蒂·诺埃尔的内心世界,动因之一是十八世纪末黑人领袖麦克康达尔发动的武装起义。但后者实际上只是蒂·诺埃尔迂回曲折的意识流长河中的一个旋涡,一段插曲。麦克康达尔发动武装起义,向法国殖民当局公开宣战。可是起义遭到了镇压,麦克康达尔本人沦为俘虏并被活活烧死。第二部分写海地黑人的第二次武装起义,由另一位黑人领袖布克芒领导。人们用复仇的钢刀和长矛击败了强大的法国军队,但法国增援部队带着拿破仑的胞妹波利娜·波拿巴和大批警犬在古巴圣地亚哥登陆并很快收复失地。第三部分写布克芒牺牲后,蒂·诺埃尔追随白人主子来到圣多明各。不久,法国大革命的福音终于传到了加勒比海,奴隶制被废除了,白人主子失去了一切。人们踌躇满志,岂知黑人领袖亨利·克里斯托夫大权在握,不可一世,成了独夫民贼。第四部分写亨利·克里斯托夫如何仿效拿破仑,在岛国大兴土木,为自己加冕。最后,在全国人民的一片声讨声中,亨利·克里斯托夫在他的"凡尔赛宫"自戕了。此后,自命不凡的黑白混血儿控制了局面。他们比以往任何政府更懂得怎样盘剥黑人。蒂·诺埃尔在苦难的深渊中愈陷愈深。最后,他终于忍无可忍,抛弃了一贯奉行的明哲保身的处世之道,毅然决然地投身于社会革命。这时,神话被激活了。古老的信仰焕发出新的活力。

此后,卡彭铁尔一发而不可收,在《消失的足迹》中旁逸斜出,选择欧陆人物对印欧两种文化进行扫描。小说写一个厌倦西方文明的欧洲人在南美印第安部落的探险之旅。主人公是位音乐家,与他同行的是他的情妇——一个自命不凡的星相学家和懵懵懂懂的存在主义者。他们从某发达国家出发,途经拉美某国首都,在那里目睹了一场惊心动魄的农民革命,尔后进入原始森林。这是作品前两章的内容。后两章分别以玛雅神话《契伦·巴伦之书》和《波波尔·乌》为题词,借人物独白、对白或潜对白切入主题:一方面,西方社会的超级消费主义正一步步将艺术引向歧途;另一方面,原住民文化数千年如一日,依然古老雄浑。印第安人远离当今世界的狂热,满足于自己的茅屋、陶壶、板凳、吊床和乐器,相信万物有灵论,拥有丰富的神话传说和图腾崇拜。小说从

"局外人"的角度审视古老的美洲文化，仿佛让读者一步回到了前哥伦布时代。阅读《消失的足迹》，读者必定唏嘘不已。

三、四面出击

二十世纪五十年代中叶以降，卡彭铁尔创作了一系列风格不同的历史性小说，每一部都可圈可点。它们包括中篇小说《追击》、短篇小说集《时间之战》、长篇小说《光明世纪》《巴洛克音乐会》《方法的根源》《春之祭》《竖琴与阴影》，以及非虚构《千柱之城》等。其中，《追击》写一个反英雄叛变革命后被人追击并死于非命的故事。小说采用了"音乐结构"，暗合《英雄交响曲》的四个乐章，其中既有呈示部、展开部、奏鸣曲、回旋曲、变奏曲等，也有E大调、C大调、C小调、降E大调快板、慢板、大慢板（哀乐）到急板等乐章的依次转换，是拉美结构现实主义小说的经典之作。

《时间之战》是一部短篇小说集，由主题和形式各不相同的篇什组成，其中既有令人拍案叫绝的倒读体（而非传统意义上的倒叙），也有意识流小说和相当先锋的叙事方法，集结了他不同时期的技巧探索。

《光明世纪》被不少人认为是卡彭铁尔的后期代表作，写法国大革命期间发生在加勒比地区的一段晦暗历史。小说的主人公是一名法国商人，叫维克托·于格。他和无数冒险家一样，到新大陆淘金，结果碰巧遭遇海地革命。他的生意惨遭毁灭性打击。他走投无路，逃回法国。适逢雅各宾派春风得意，他摇身一变，混迹其中，参与了断头台行动。经过这番镀金，他也便自然而然地戴着光环"荣归"美洲。卡彭铁尔凭借对古巴和海地历史的精深了解，既细节毕露，又气势磅礴地展示了一个个令人心颤的历史场景。人物也一个个活灵活现、光彩夺目，彰显了作者巴洛克建筑师般的才艺，故而有"新巴洛克主义巨制"之美称。

《千柱之城》从不同形态的廊柱切入，以"纪实"的笔法书写哈瓦那城的缤纷多姿，是一部献给古城的礼赞，充分显示了卡彭铁尔的建筑学知识及其对造型艺术的审美情趣。它像一座用机巧、形状和结构缔造的巴洛克艺术馆，巍峨矗立于拉美文坛。

《巴洛克音乐会》围绕作曲家安东尼奥·卢奇奥·维瓦尔第的《蒙特祖玛》创作而成，演绎了新大陆被发现和征服的过程。原住民高贵好客；而侵略者如狼似虎、恩将仇报。这是一曲两个大陆、两种文明碰撞所发出的历史最强音，也是有史以来最具史学价值的美洲小说之一。

《方法的根源》则从遥远的历史回到了现实。作为拉美文坛最重要的反独裁小说之一，小说将时间定格在一九一三年至一九二七年，也就是作家的青少年时代。小说楔子部分采用了第一人称，由独裁者、主人公首席执政官叙述他在巴黎的生活、外交以及其他"重要活动"。不久，由于国内发生了武装叛乱，首席执政官被迫离开法国、折回美洲，作者便改用第三人称叙述独裁者如何打着寻求国泰民安的幌子，按照其"竞争的法则"（弱肉强食）、"方法的根源"（绝对权力），不择手段地镇压异己。小说被誉为拉美社会现实主义杰作。

《春之祭》以俄国音乐家斯特拉文斯基的同名作品为题，开篇描写十月革命后俄国流亡者的故事。但这仅仅是一个序曲，作品很快聚焦于古巴独裁者马查多专制时期古巴流亡者的事迹。于是，俄国流亡者和古巴流亡者在巴黎相逢，并且联袂组团演出。而这也仅仅是个开始，因为有关人物不仅参与了西班牙内战，并且由此开始了"万里长征"：潜回古巴参加革命。作品时空跨度大，人物心理描写更是出神入化。这正是卡彭铁尔晚年"溯源之旅"的必由之路。

最后，《竖琴与阴影》又回到了哥伦布：新大陆"一切故事"的开端。小说以典型的现代巴洛克语言将一个平庸的哥伦布、一个黯淡的历史影子，一点点勾描、一笔笔夸大，直至被历史和命运塑造成伟大的冒险家和发现者，以至于罗马教皇皮奥九世在其封圣问题上煞费苦心。其中的机巧和讥嘲充分展示了作者卓尔不群的语言造诣，故而该作被公认为是拉美文坛不可多得的语言宝库和心理现实主义典范。

总之，卡彭铁尔的每一部作品都是错彩镂金、精雕细刻的艺术珍品，开卷有益绝非套话。他因之于一九七七年摘得西班牙语文坛最高奖项——塞万提斯奖，成为第一位获得这一桂冠的拉美作家，同时多次成为诺贝尔文学奖短名单人选。倘使你有幸阅读他的作品，那么一切人设、荣誉皆可忽略不计，我的推介也纯属多余。

二〇二一年于北京国子监边

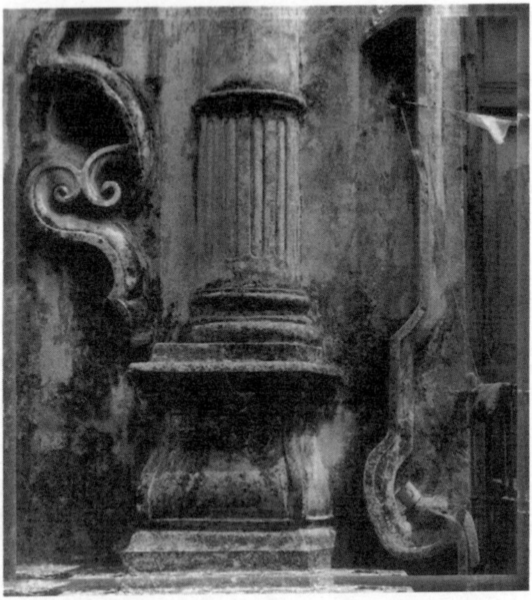

目　录

001 · 一

011 · 二

029 · 三

065 · 四

077 · 五

089 · 蓬勃"粗野"的哈瓦那，巴洛克精神的万花筒（代译后记）

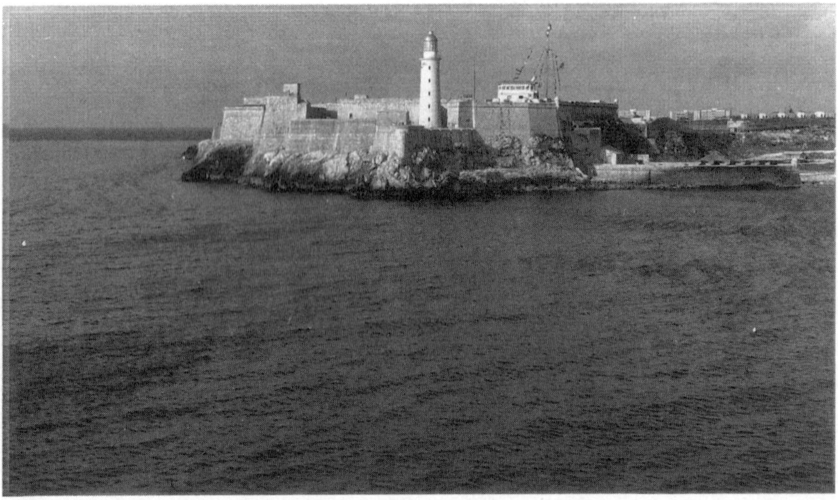

一

"当航船驶进哈瓦那港,"——十九世纪伊始,亚历山大·冯·洪堡①在书中写道——"眼前便是赤道以北热带美洲海岸线上最为赏心悦目、如诗如画的景象。作为全世界游客心中的圣地,哈瓦那港的面貌与南半球的港口大相径庭。这里没有瓜亚基尔河②沿岸葱茏繁茂的植被,也没有里约热内卢港威严野性的巉岩,然而那一番独到的风流妩媚,与仪态威严的植物和热带蓬勃的生机水乳交融,换作在我们欧洲的气候下,也会为饱含文化气息的景色平添许多柔美。陶醉在

---

① 亚历山大·冯·洪堡(1769—1859),德国科学家、自然地理学家,近代气候学、植物地理学、地球物理学的创始人之一。他曾游历拉美诸国,对古巴的印象尤为深刻,并专门写下《古巴岛》一书。
② 原文如此。此处应指瓜亚斯河。这条河流在厄瓜多尔最大的城市和港口瓜亚基尔入海。

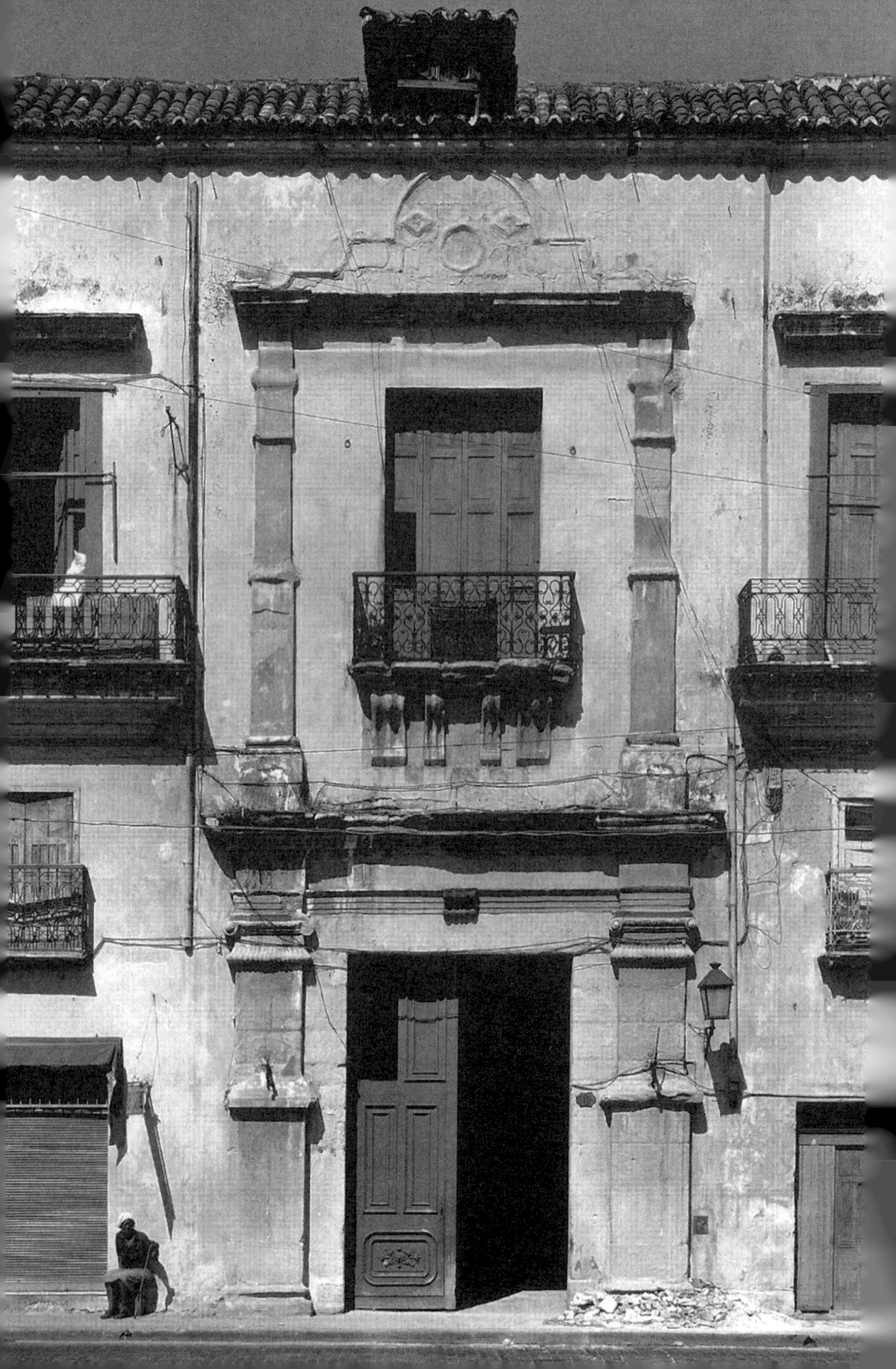

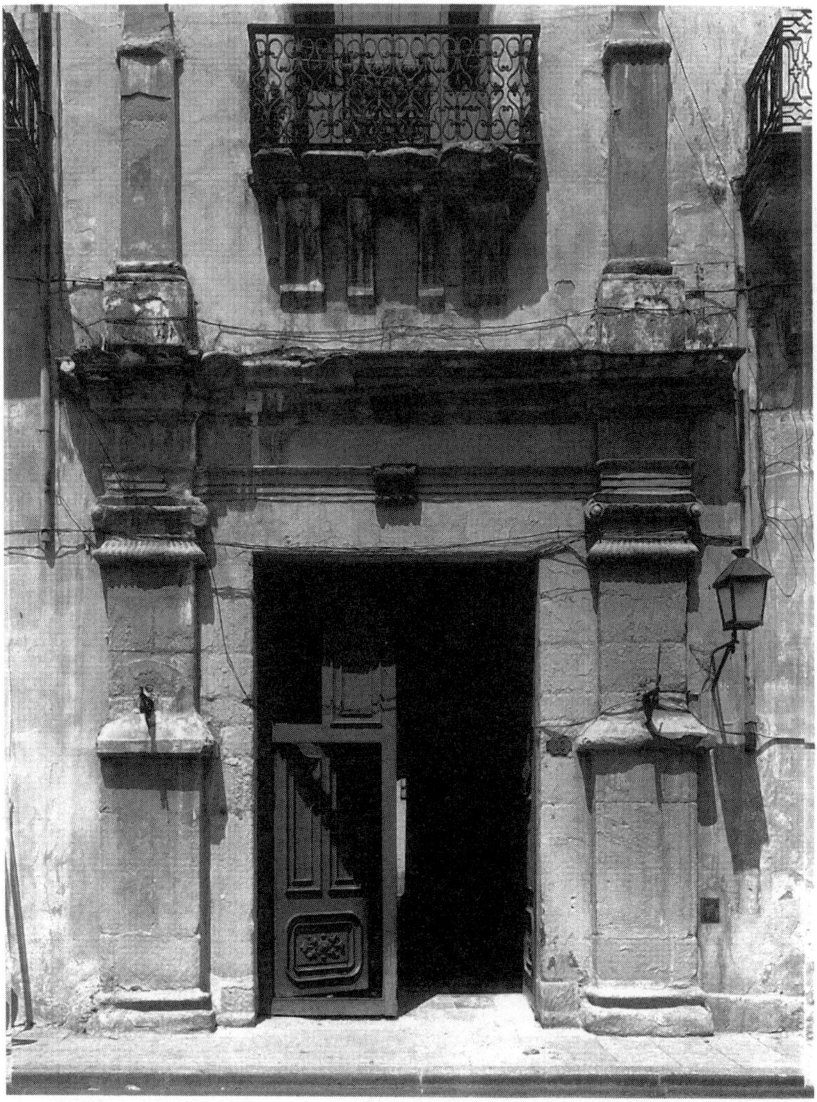

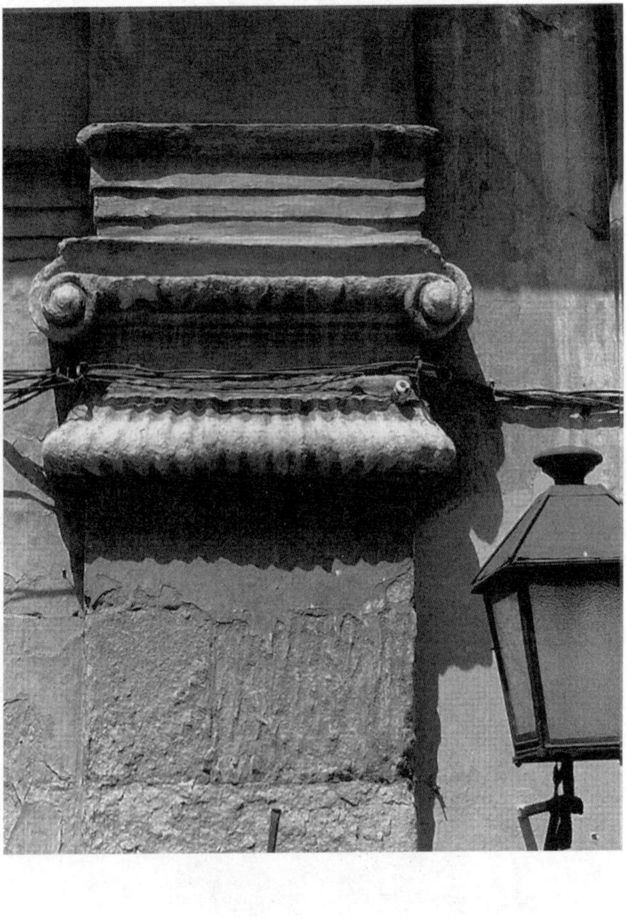

如此旖旎的风光里,一个生活在安的列斯群岛熙攘城市中心的欧洲人,会忘掉他身边所有的危险,只顾一心去探求这片广袤山川中多姿多彩的元素,去远眺矗立在港口东面岩石上的座座古堡①,还有被村落和庄园环绕的内湖,干云蔽日的棕榈树,以及半掩在桅杆与风帆之林的城市……"不过,当我们把歌德的朋友②的这本书再往后翻上两页,便会在他对商人街③的描写中看到这样的文字:"这里跟欧洲最古老的城市一样,只有经过漫长的时间,才能把规划得一塌糊涂的街道改造好。"

城市规划,城市规划者,城市规划学。④我们至今都还记得由"城市规划"这个词派生出来的各种术语。四十年前,这些术语曾经浓墨重彩地出现在勒·柯布西耶⑤发表在《新精神》⑥杂志上的那些如今已成经典的篇章里。从那以后,"城市规划"这个词就不绝于耳,最终人人坚信,在这个词汇出现之前,从来都没有存在过城市规划的理念,至少没有出现过城市规划的机构。洪堡在他的时代抱怨哈瓦那街道糟糕的规划,但今天的世人应当扪心自问,在这表面的"糟糕"背

---

① 指矗立在哈瓦那港港湾东侧入口处的摩罗古堡和圣卡洛斯古堡。
② 指洪堡。作者在此为了避免同一段中两度出现同一个人人名而改变了称呼。
③ 即 los Mercaderes,哈瓦那老城最繁华的街道之一。
④ 此处的重复句式化用了《圣经·旧约·传道书》里的名句 "Vanidad de vanidades, dijo el Predicador; vanidad de vanidades, todo es vanidad"(中文:"虚空的虚空,传道者说,虚空的虚空,凡事都是虚空。"),有反讽之意。
⑤ 20世纪最著名的建筑大师和城市规划家,现代派建筑的主要倡导者。
⑥ 勒·柯布西耶参与主编的杂志,主要介绍文学、视觉艺术和建筑方面的艺术理念。

005

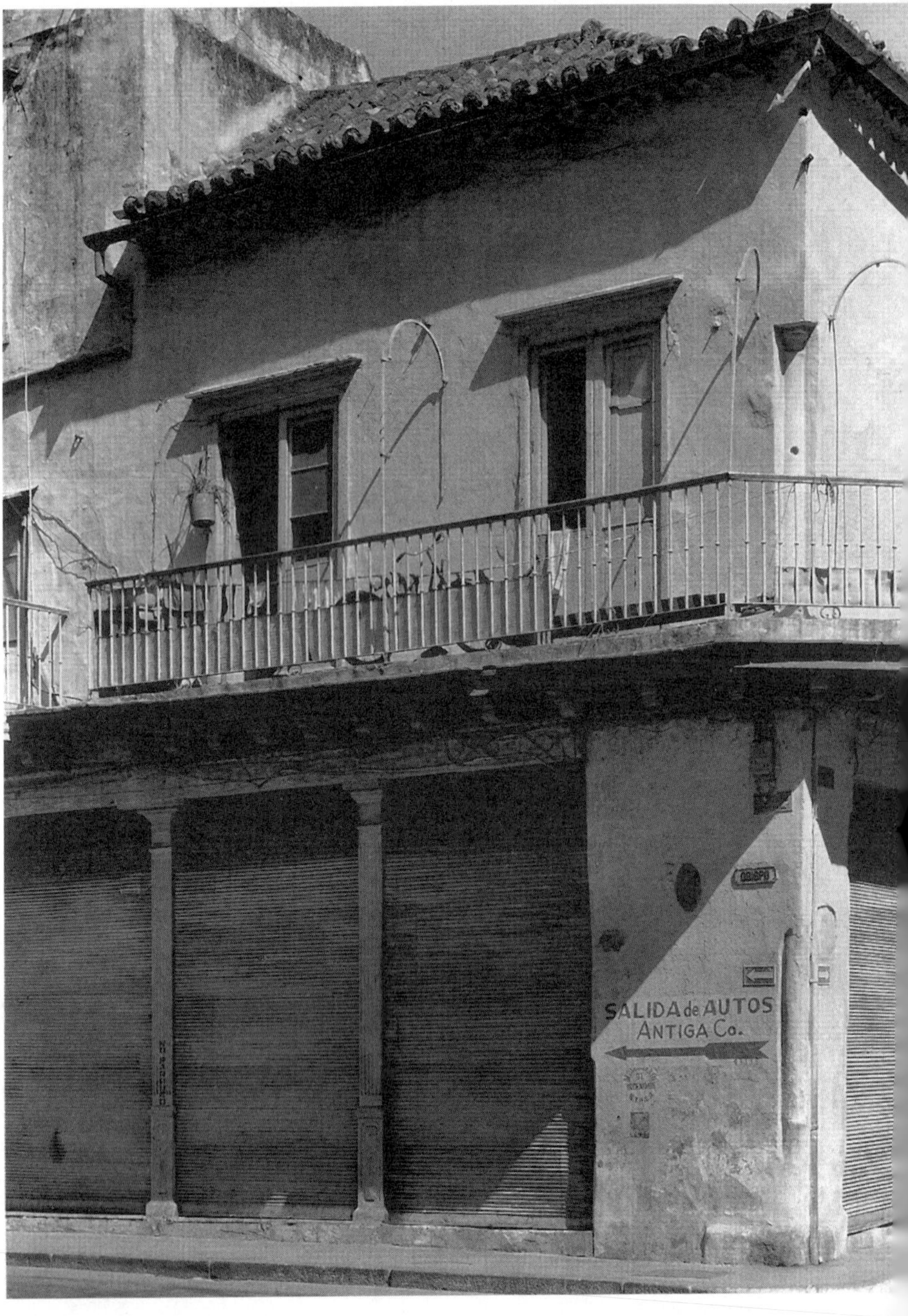
SALIDA de AUTOS
ANTIGA Co.

后，是否隐藏着一种伟大的智慧，满足了热带地区当下依然面临的最大需求——与烈日捉迷藏。当年的人们在城中修建起星罗棋布的"修士街角"[1]，借这种巧妙的花招从太阳那里谋求地盘，抢夺阴影，逃离炽烈的夕照。直到今天，在一直保留至本世纪初、位于"墙内"[2]的哈瓦那老城的旧址上，这种建筑仍旧备受青睐。除此之外，老城里还有许多五颜六色的"涂鸦彩墙"，有深红色，有墨蓝色，有浅栗色，也有橄榄绿色。它们直到本世纪初都还在，但如今只有在外省的乡下才能见到了。现在我们知道，在往昔漫长的岁月里，这些彩墙很可能也像阿梅丽娅·佩拉埃斯[3]或者雷内·波托卡雷洛[4]的画作中常见的标志性造型常量——克里奥尔[5]风格的半圆花窗[6]那样，中和了阳光的反射，起到了遮阳[7]的功效。也许洪堡所见的哈瓦那街巷的确规划得一塌糊涂，然而那几条保存到今天的老街，不管当年规划得多么糟糕，它们带来的安静与清凉的感觉，都很难从后来那些注入了城市规划师理念的作品中找到了。

---

[1] 即 esqinas de fraile，字面翻译是"修士街角"，指多风的街角，也指为了更加阴凉多风而建在街角上的西北朝向的建筑。
[2] 1671 年，西班牙殖民者为了防止外敌入侵，开始在沿海岸修建城墙，这道城墙把哈瓦那城分成了"墙内"和"墙外"两部分。哈瓦那老城位于"墙内"（intramuros），后来发展起来的维达多新区则位于"墙外"（extramuros）。19 世纪后半叶到 20 世纪初，城墙开始被陆续拆除。至今哈瓦那城中仍然留有多处遗迹。
[3] 阿梅丽娅·佩拉埃斯·德尔卡萨尔（Amelia Peláez del Casal, 1896—1968），古巴先锋派女画家。
[4] 雷内·波托卡雷洛（René Portocarrero, 1912—1985），古巴著名画家。
[5] 原指欧洲白人在美洲殖民地的后裔，这里指拉丁美洲的本土风格。
[6] 即 medios puntos，指镶嵌在拱门顶部的半圆彩色玻璃花窗。
[7] 原文为法语"brise-soleil"，也可译作"遮阳板"，在这里指勒·柯布西耶针对炎热地区的气候发展起来的一系列遮阳策略体系。

如果可以把阴影本身看作是自二十世纪起那一切向着西方萌发和生长的事物的对照面,那么在历史上曾以"墙内"为名,天生就是为了利用阴影而修建的哈瓦那老城,完全可以被叫作"阴影之城"。也是从二十世纪初开始,哈瓦那城在各种有好有坏、坏多于好的风格的重叠与革新里,在脱胎于共生与杂糅的新颖的巴洛克主义里,日积月累地树立了自己"没有风格的独特风格",并载入了城市规划的史册。正是在不同现实间的纷繁、交错与嵌套中,一整套常量在这里油然而生,哈瓦那也因此成为了美洲大陆上独一无二的城市。

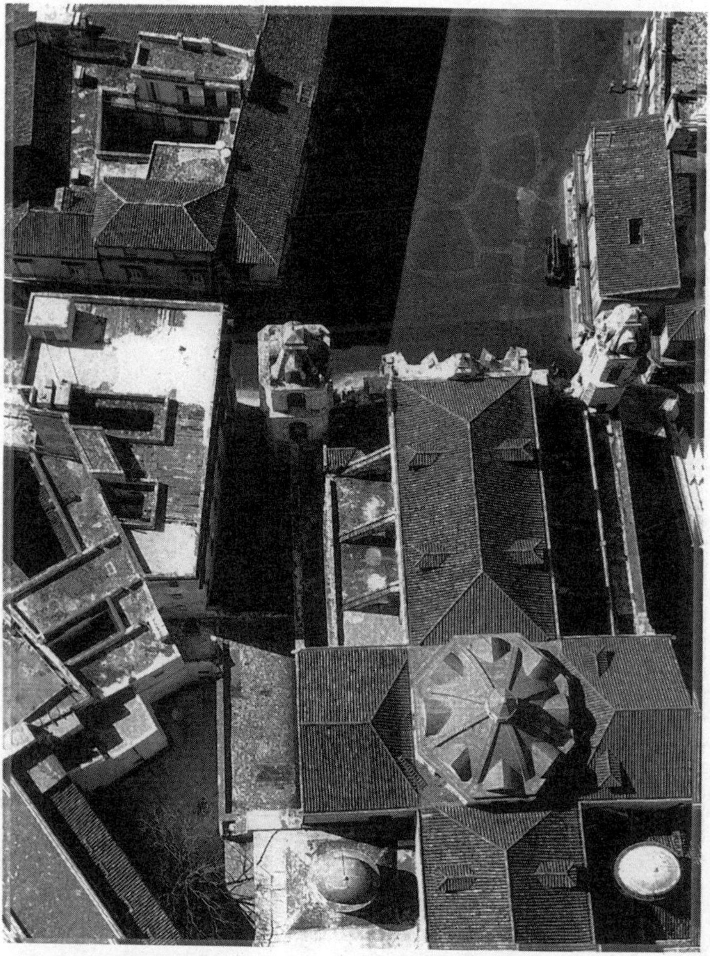

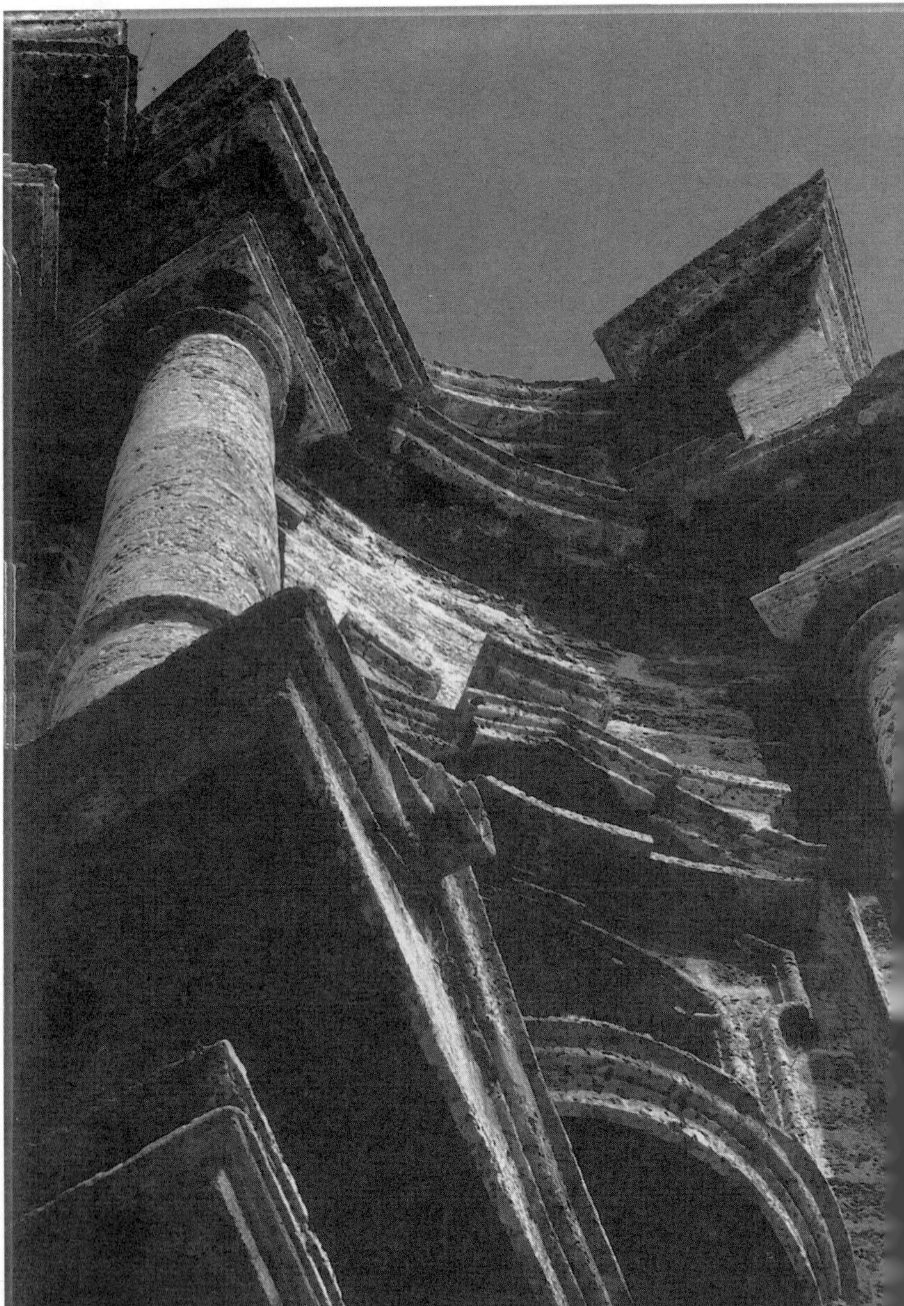

二

开辟鸿蒙的是那些工匠。①他们怀揣铅坠，搅拌泥灰。他们在早先的岁月中驶向新大陆的足迹，都保留在塞维利亚贸易所②关于西印度旅行者的登记档案里。（古巴开始殖民之前，已经有六名工匠到过伊斯帕尼奥拉岛。）因此，就让我们撇开殖民时代前的那个哈瓦那，而把传说中由一小群殖民者在阿门塔雷斯河③岸边建起来的那个哈瓦那设为起点，从至今犹存的那些卑微而优美的断壁残垣中寻找诞育了这座城市的真正内核。这些遗迹就散落在圣克拉拉古修道院的庭院里，修道

---

① 此处作者化用了《圣经·新约·约翰福音》中的"En el principio era el Verbo"（中译：太初有道）。此句在下一段中也有一处重复。
② 即"Casa de la Contratación de Indias"，全名"西印度贸易所"，简称"贸易所"。1503 年设立于塞维利亚，是西班牙王室管辖海外贸易和殖民地事务的代理机构。
③ 哈瓦那城附近的河流，以哈瓦那主教的名字命名。

院紧挨着一排伤风败俗的老酒馆,靠近码头,附近还有一处小小的集市、一座公共浴室,以及一眼朴素而又高贵的城市喷泉。一切都出自工匠之手,比如更加宏伟的"水手之家"。这座建筑今天还在,距离当年修建在红树丛与杂草间的城市广场原址只有咫尺之遥。长久以来,它都被扩建的圣芳济会女修道院圈入其中,直到我们这代人年轻的时候才向公众开放。当时那里还保存着一块模糊的牌匾,上面镌刻着"面包房"的字样。

需要早早说明的是,这本书并不是要对古巴建筑做一个历史性的概述——这需要特别渊博的学识储备——而只是希望能够手把手地引导读者认识某些常量,正是这些常量赋予了哈瓦那这座看上去没有风格的城市(如果我们严格按照学院派的观念来定义"风格"的话)独树一帜的鲜明风格。随后,我们会由点及面,将古巴这座岛国所独有的那些方方面面的"常量"徐徐展现于读者眼前。开辟鸿蒙的是那些工匠。但是房子越建越宽敞,恢弘的宅院侵占了规划中的广场,柱子也不甘心再做殖民者眼中简陋的支撑物,开始在城市里崭露头角。但那只是内宅的廊柱,它们优雅地诞生在花木成荫的庭院中,院落里的棕榈树干(看,它们把圣佛朗西斯科修道院宏伟的内院装点得多么富

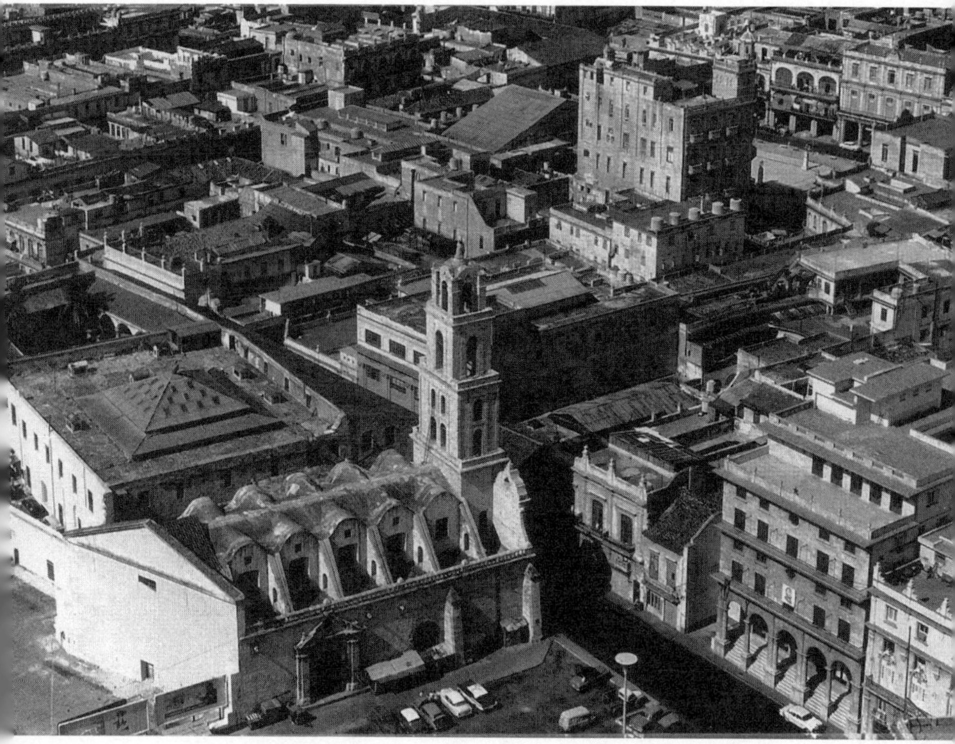

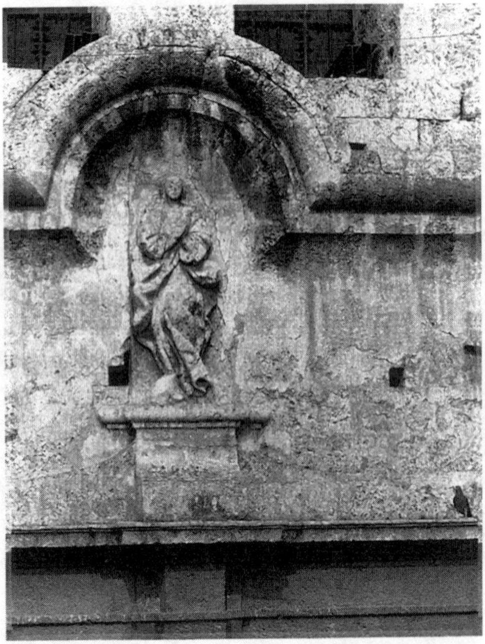

丽堂皇）与多立安式①的柱身相得益彰。起初，在那些坚固伟岸、外观又略显粗糙的住宅里（比如哈瓦那大教堂对面的那座宅邸），立柱作为后院精美的装饰物，被用来支撑内庭门廊的连拱。这是一种合情合理的做法：除了哈瓦那大教堂广场、哈瓦那老广场、政府机构所在的市政广场，这座城市的街道全都被故意设计成狭窄逼仄的模样，以求投下更多阴影，使得路上的行人无论日出还是日落，都不会被炽烈的骄阳直射脸庞，炫花眼睛。所以，从那些宫殿般的古宅中和那些依然保留着旧容颜的豪邸中都可以看出，立柱在十九世纪前一直是内庭里奢华的点缀，直到十九世纪后才走上街头，并在建筑已经明显走下坡路的年代里，创造出了哈瓦那风格中那个最为标新立异的常量：柱子在以柱子闻名的城市里难以置信地蔓延。无边无际的廊柱像丛林般矗立在最后一座拥有海量柱子的城市里。此外，当这些柱子从早先的华庭涌向寻常巷陌的时候，它们也就逐渐写就了一部历尽岁月的自我沦落史。众所周知，步行者从哈瓦那港口城堡附近出发，便可以追随着那些永恒不变却又千变万化地将一切风格都无穷无尽地凝聚、更迭与杂糅的立柱，穿过市中心，穿过古老的蒙特街或皇后街②，再穿过山丘街或基督山街③，就这么一路走到

---

① 多利安柱式是古希腊最常见的三大柱式之一，雄伟粗壮，柱头没有装饰。
② 这两条街都是哈瓦那老城的主要街道。
③ 这两条街都是哈瓦那老城通往城外的街道。

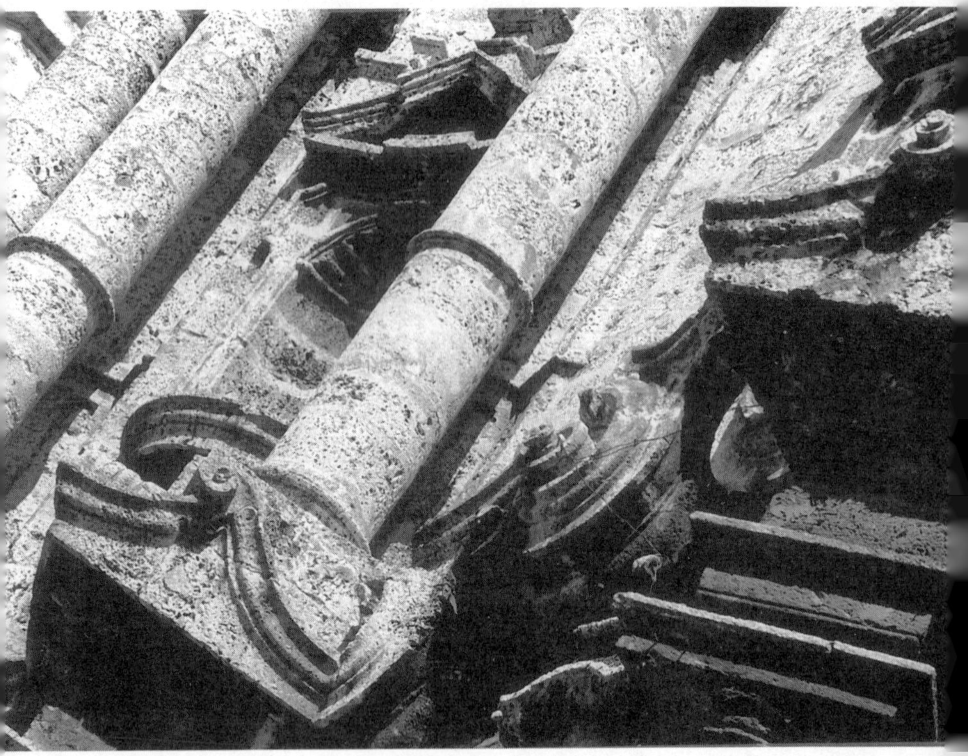

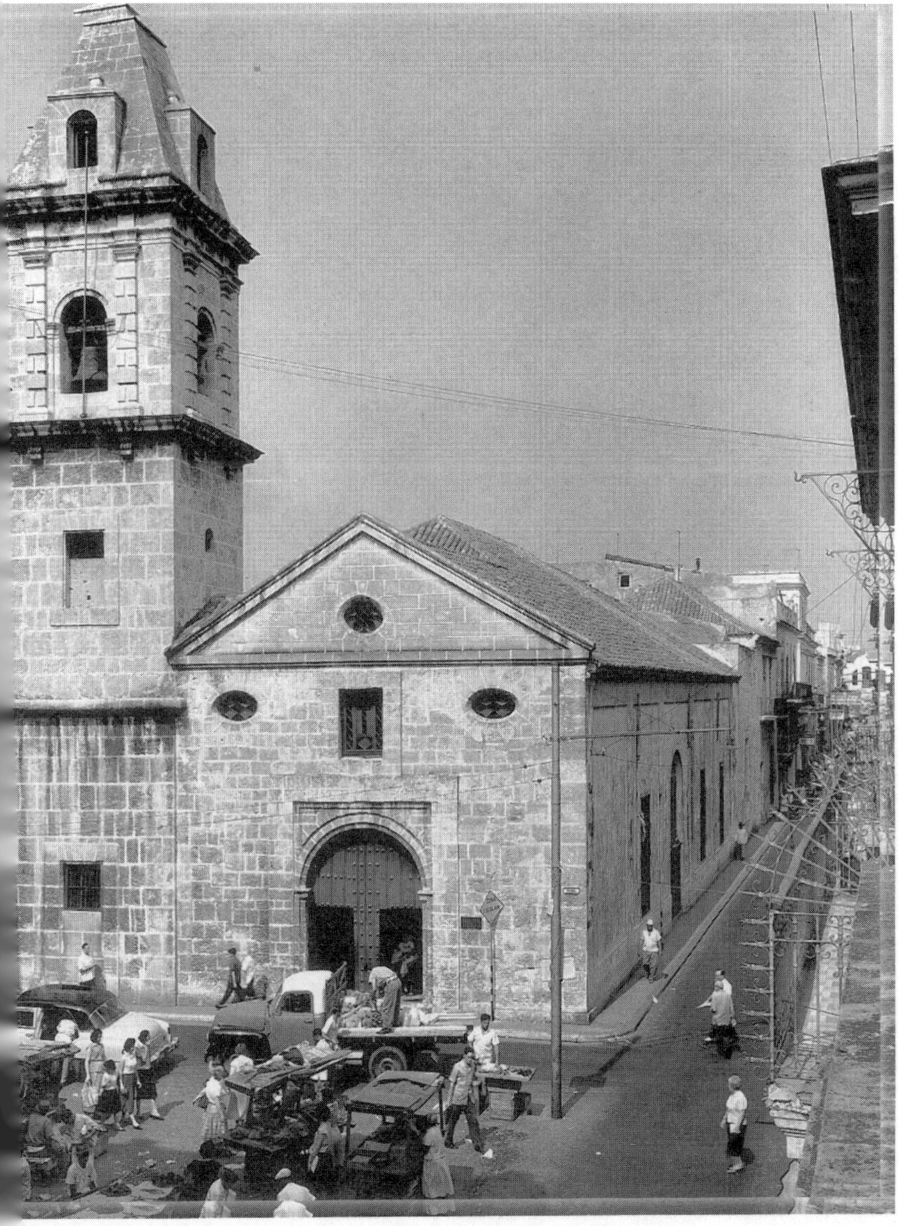

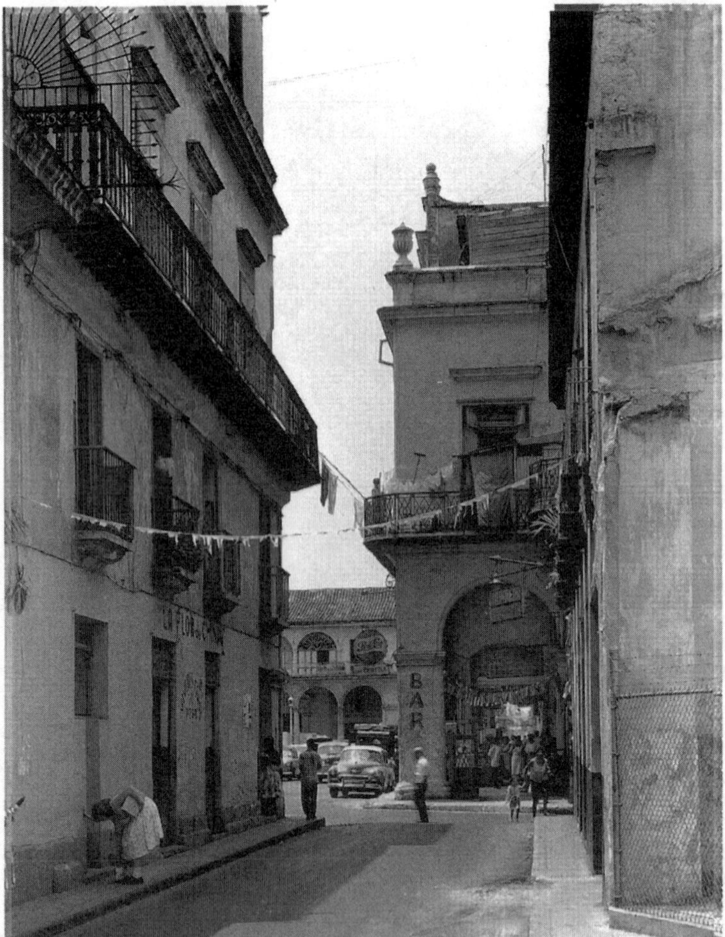
BAR

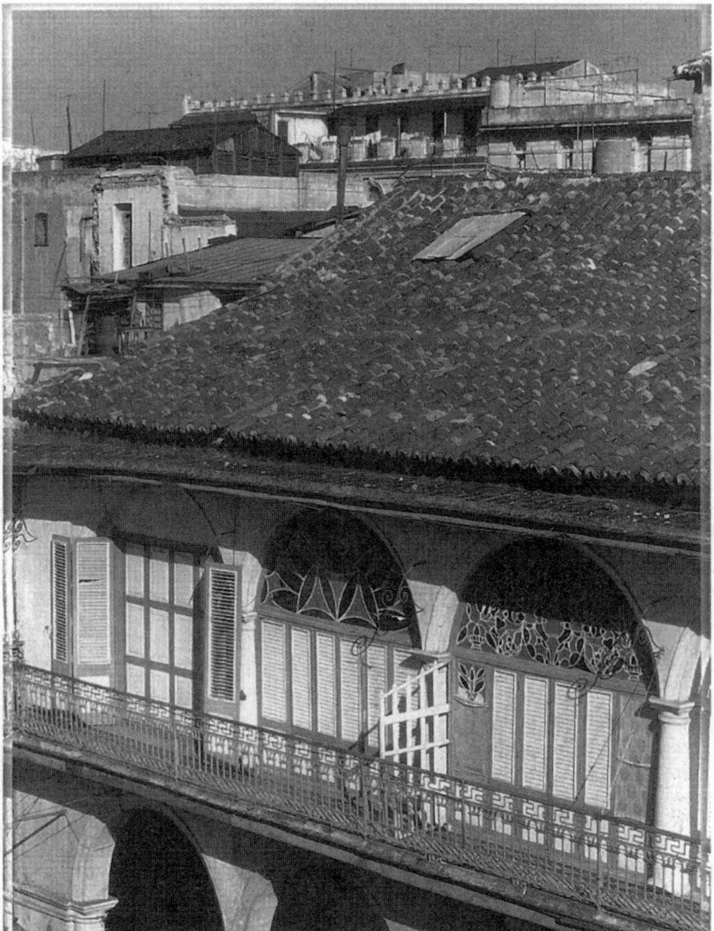

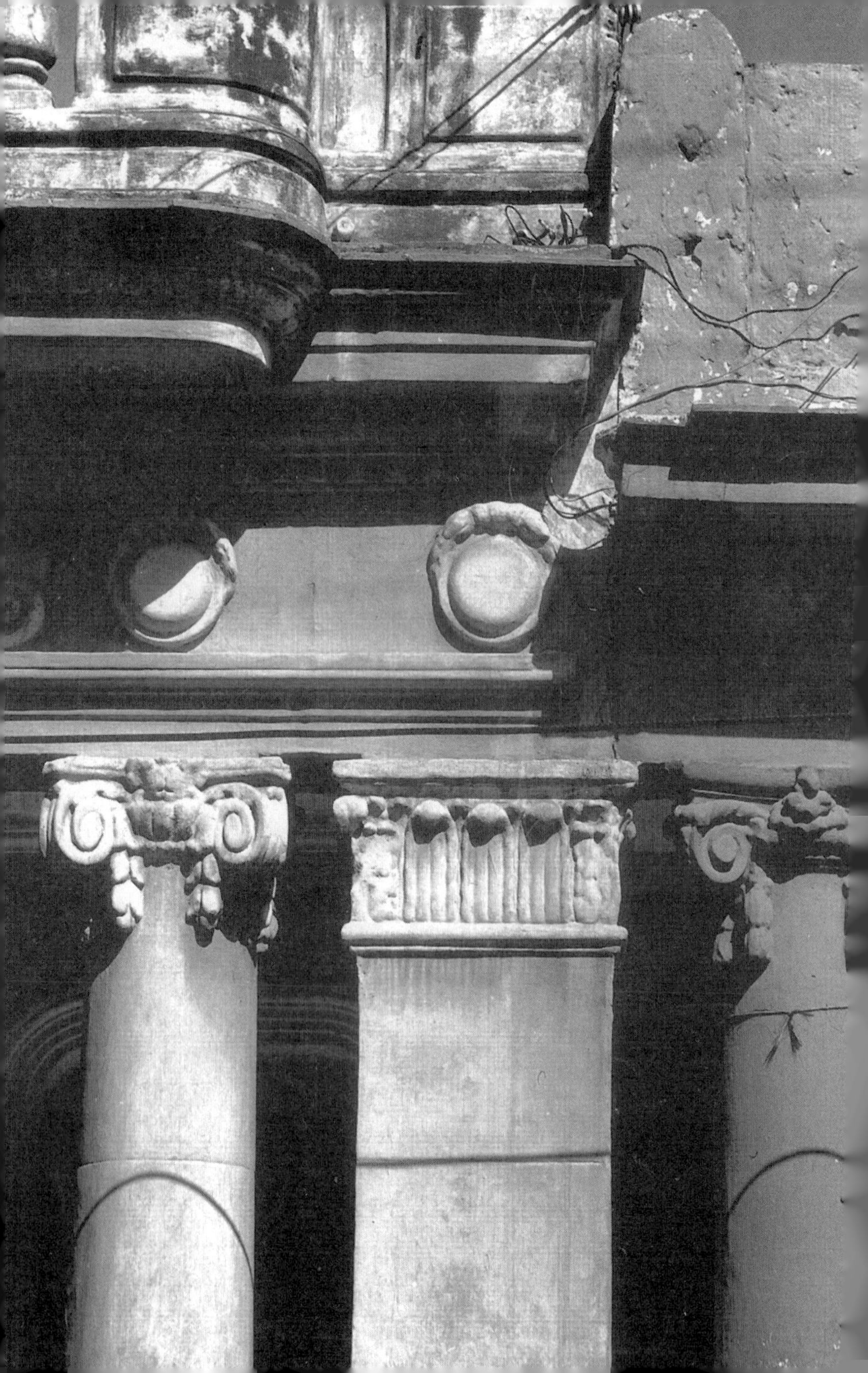

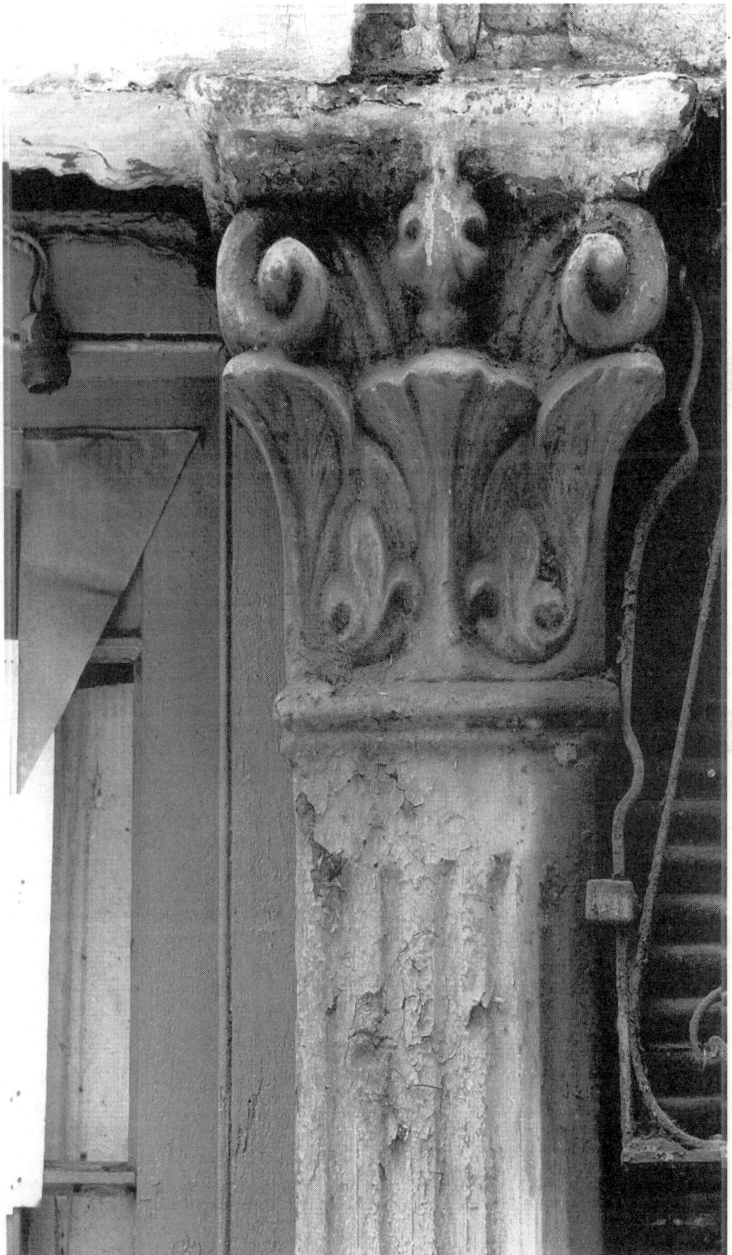

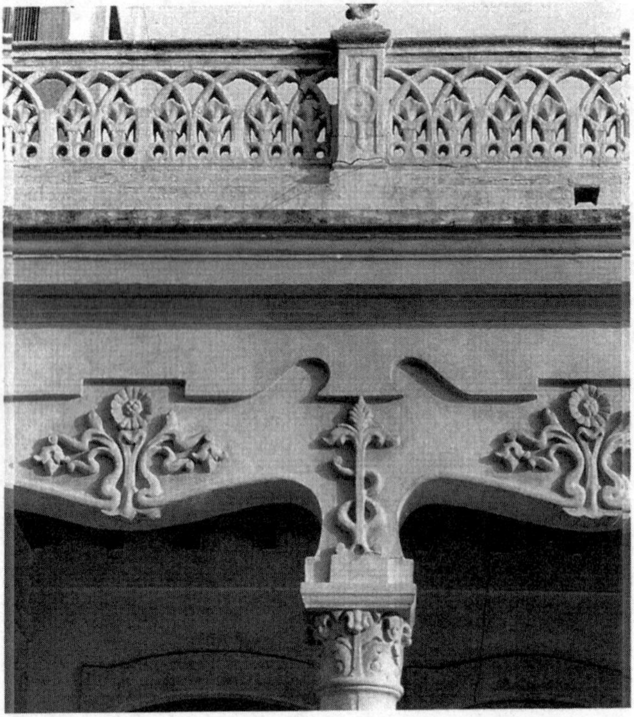

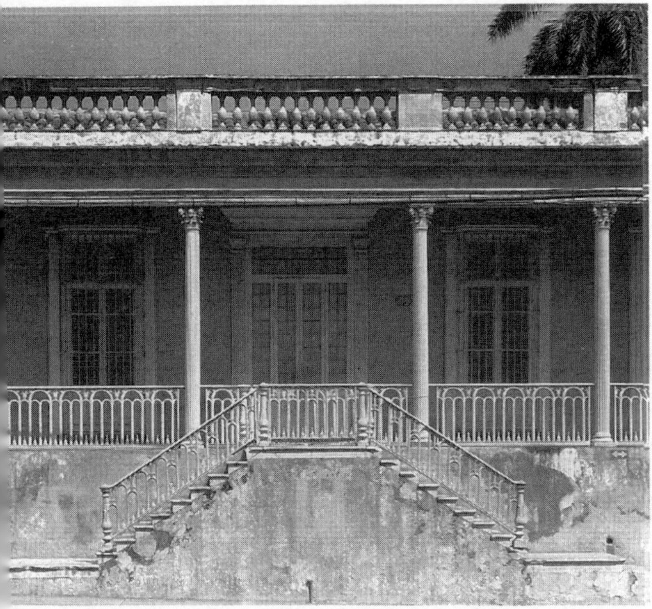

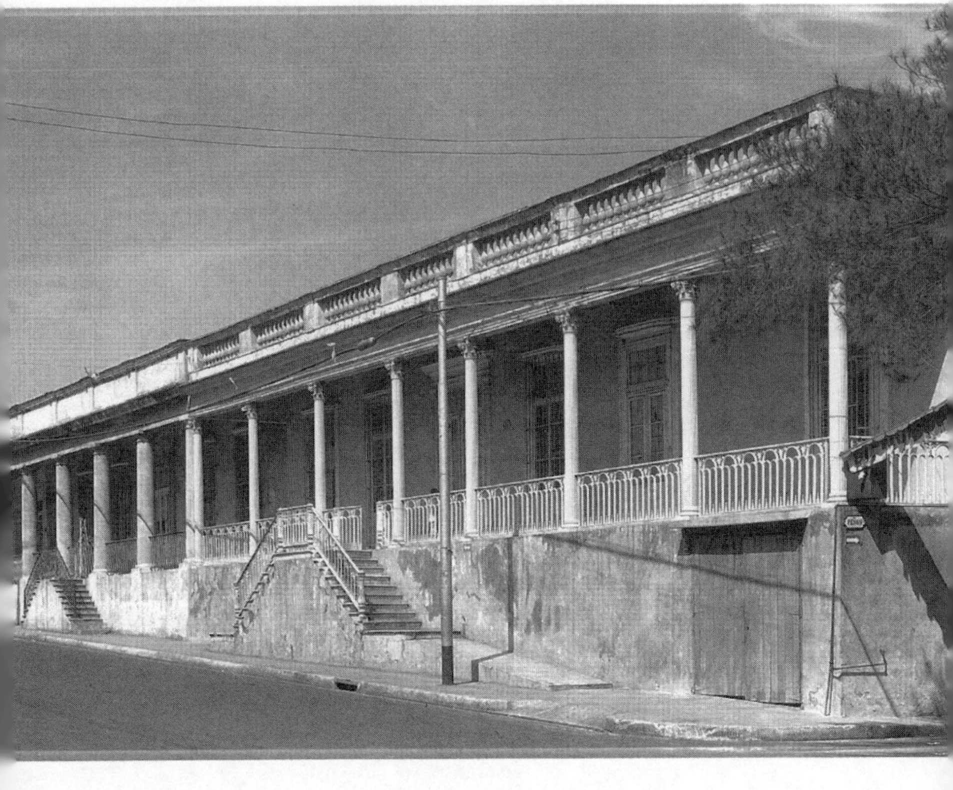

城外。半多立安式半科林斯式的混合柱,像侏儒一样矮小的爱奥尼亚[1]柱,用水泥浇筑的女像柱,都出自那些个硬充维尼奥拉[2]的工头之手,是他们心虚之下要么灵光乍现,要么雅量尽失的产物。这些人为哈瓦那城自上世纪末起的扩建出了不少力气,在这个过程中,也会不时地闪现出某些来自本世纪初巴黎的"现代风格",以及有些加泰罗尼亚建筑师的理念创意。后者曾经打算拆掉哈瓦那老街上残破不堪的华宅,代之以马德里中央大道风格的新派楼宇——这样的建筑有两座,就矗立在老城广场的一角,虽然饱经风霜,却依然非同凡响,美丽犹存。

---

[1] 爱奥尼亚柱式是希腊古典建筑三种经典柱式之一,以纤细秀丽著称。
[2] 指基亚科莫·巴罗齐·达·维尼奥拉(Giacomo Barozzi da Vignola, 1507—1573),意大利文艺复兴时期著名建筑师和建筑理论家,他的名著《五种柱式规范》成为文艺复兴晚期以及后来古典复兴、折衷主义建筑的古典范式。

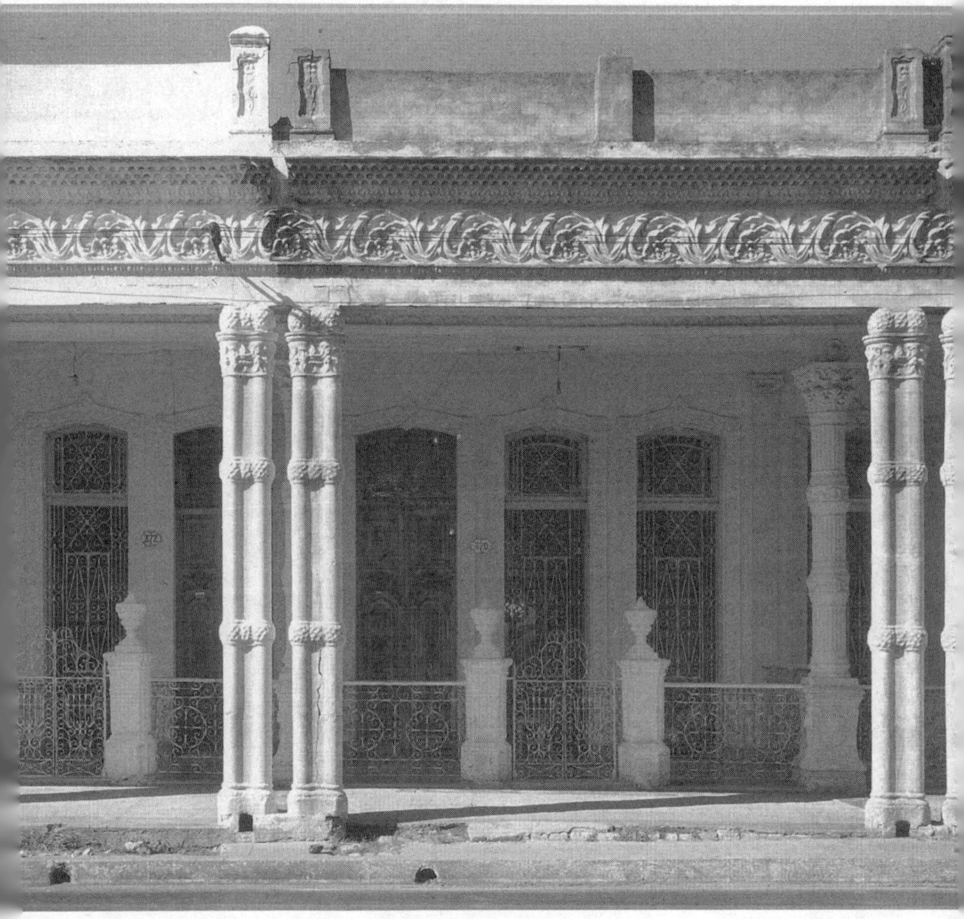

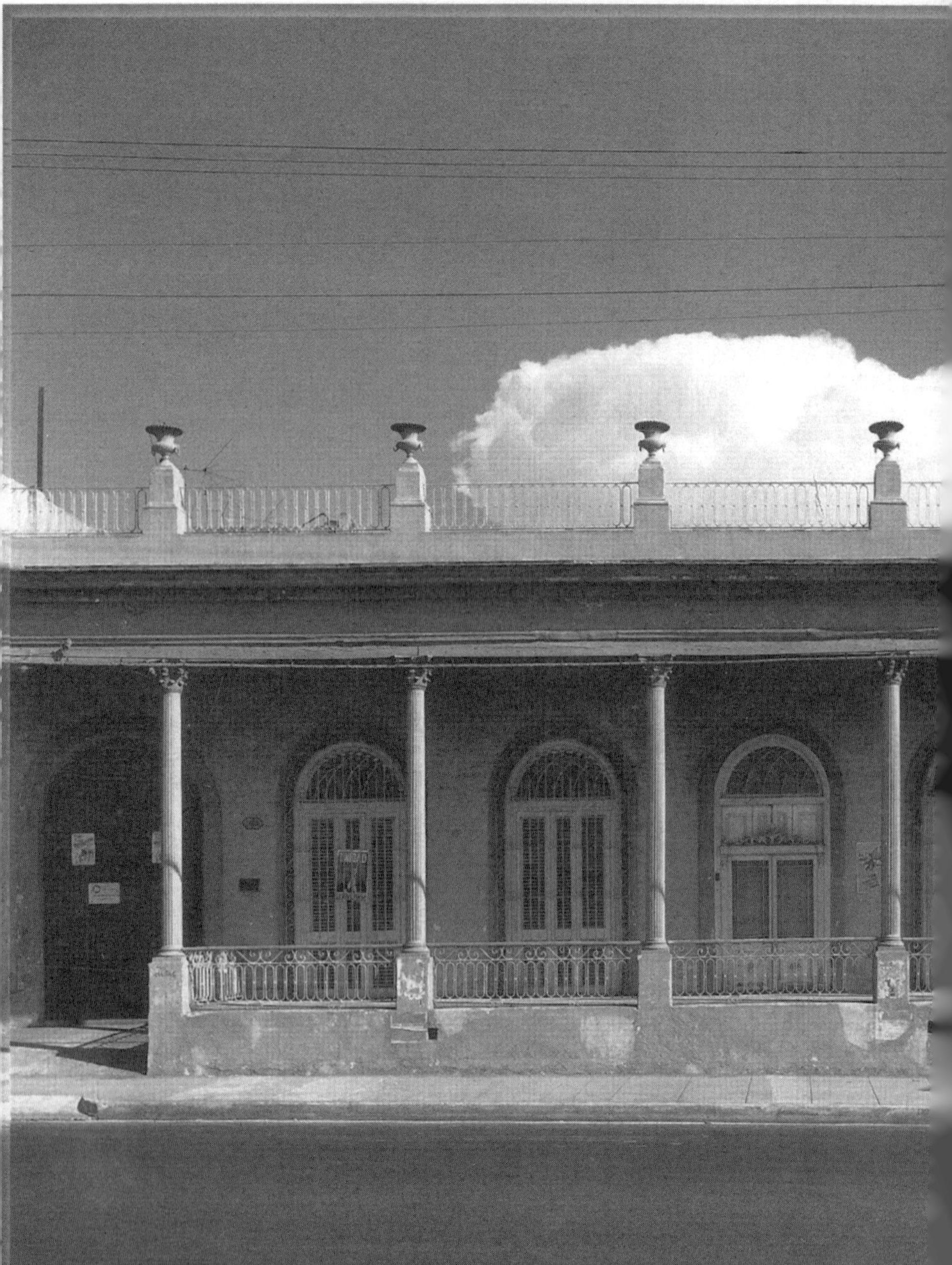

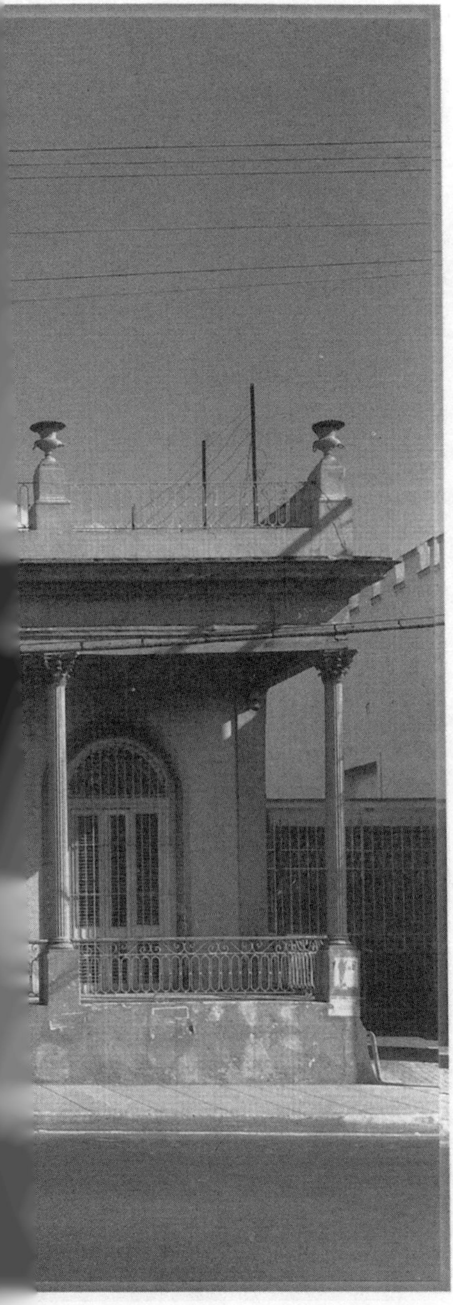

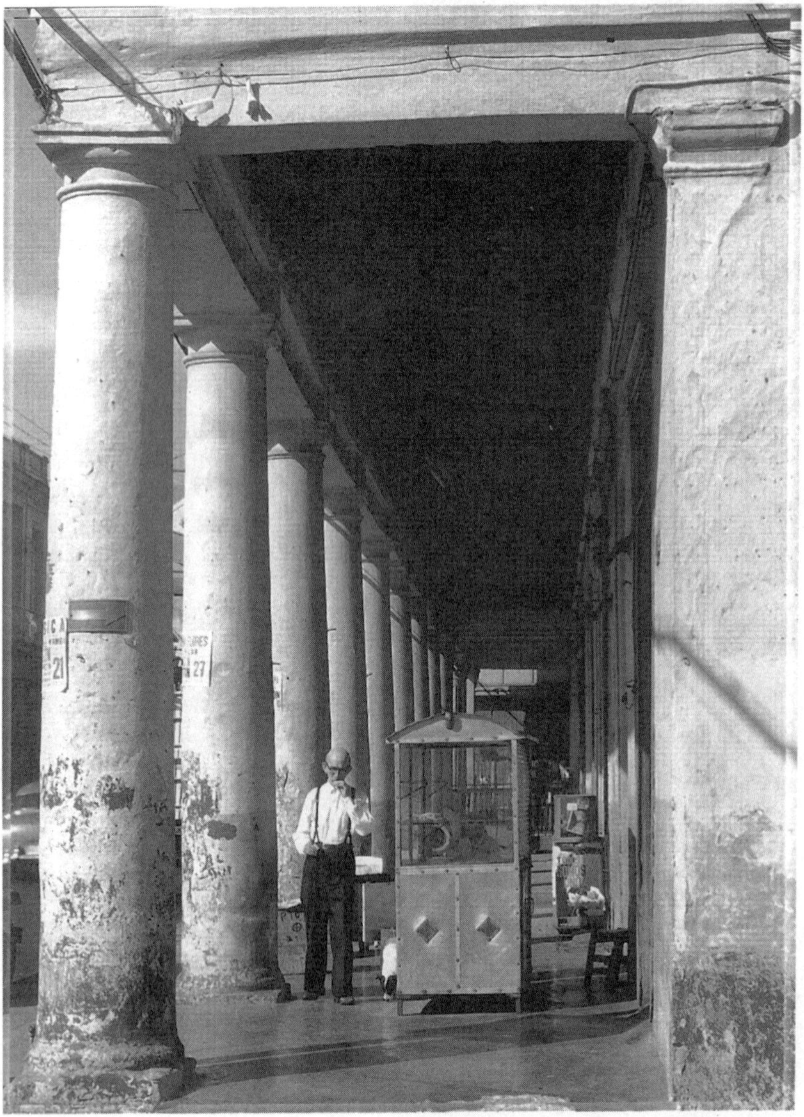

三

哈瓦那的街头无时无刻不是熙来攘往，人声鼎沸的。吆喝声像悼亡经一样周而复始地回响；卖货郎在东家长西家短地多管闲事。比车板还大的大钟一敲，甜品小贩就循声而至。水果车上点缀着羽毛一样的棕榈叶，活像棕枝主日[①]的游行仪式。大街上卖什么的都有，一幕幕街景宛若拉蒙·德拉克鲁斯[②]笔下的市井喜剧。再往后，同样的城市里就诞生出了属于自己的克里奥尔原型。无论是昨天的小丑滑稽戏，还是随后五花八门的文学和神话群像剧，这些土生土长的角色都是那

[①] 即"Domingo de Ramos"，为纪念耶稣最后一次进入耶路撒冷而设立，又名"圣枝主日""棕枝节"等，因当年耶路撒冷的百姓举着棕枝欢迎耶稣进城而得名。这一天标志着圣周的开始，教会通常会举行棕枝游行等活动。
[②] 拉蒙·德拉克鲁斯（Ramón de la Cruz, 1731—1794），西班牙剧作家。

么引人入胜。剧中的穆拉托①姑娘无论气质还是形象都带着十足的巴洛克腔调；满腹鬼点子的黑女人和妖艳自负的大屁股老娘们儿正忙在必得地跟菜贩们讨价还价。卖炭郎推着戈雅画里的凉棚车；冷饮小贩今天没准备草莓味的沙冰，因为杧果味的还没有卖完。另外一个小贩像举圣餐礼上的基督圣体一样举着红绿相间的糖果棍，打算拿它们换酒喝。古巴的街头越是聒噪轻佻、打探是非，古巴的宅院就越是追求与世隔绝，越是穷尽一切办法守护主人的生活隐私。

传统的克里奥尔宅院——这特征在外省更加明显——是那种笼罩在自身阴影里的宅院，在这一点上，它们与西班牙安达卢西亚的阿拉伯建筑渊源颇深。只有在访客叩响门环的时候，才有人从装饰着铆钉的大门里探出头来。朝向大街的窗户很少打开，至多也是虚掩着的。为了最大限度地保持距离，铁栅栏铺天盖地地出现在古巴的建筑里。

可以说，哈瓦那城中的柱子之多，是美洲大陆上任何城市都无法匹敌的。但若要定义这种永远或隐或现地遍布古巴城市中的巴洛克风格，就不能不提那些数不胜数、气象万千

---

① 穆拉托人（mulato），黑人与白人的混血儿。

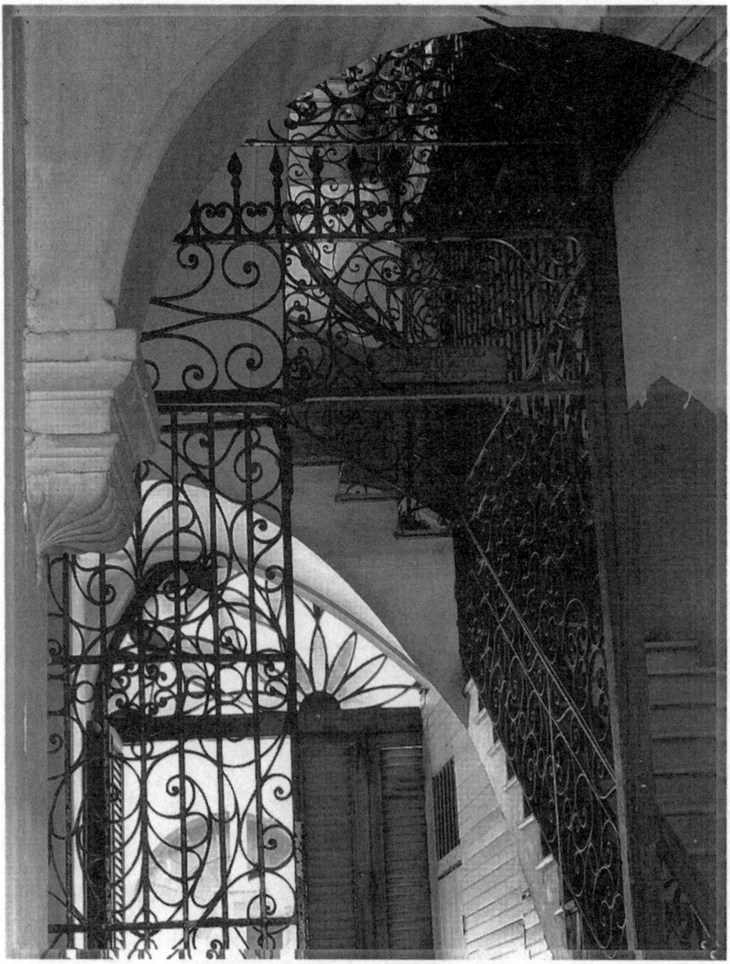

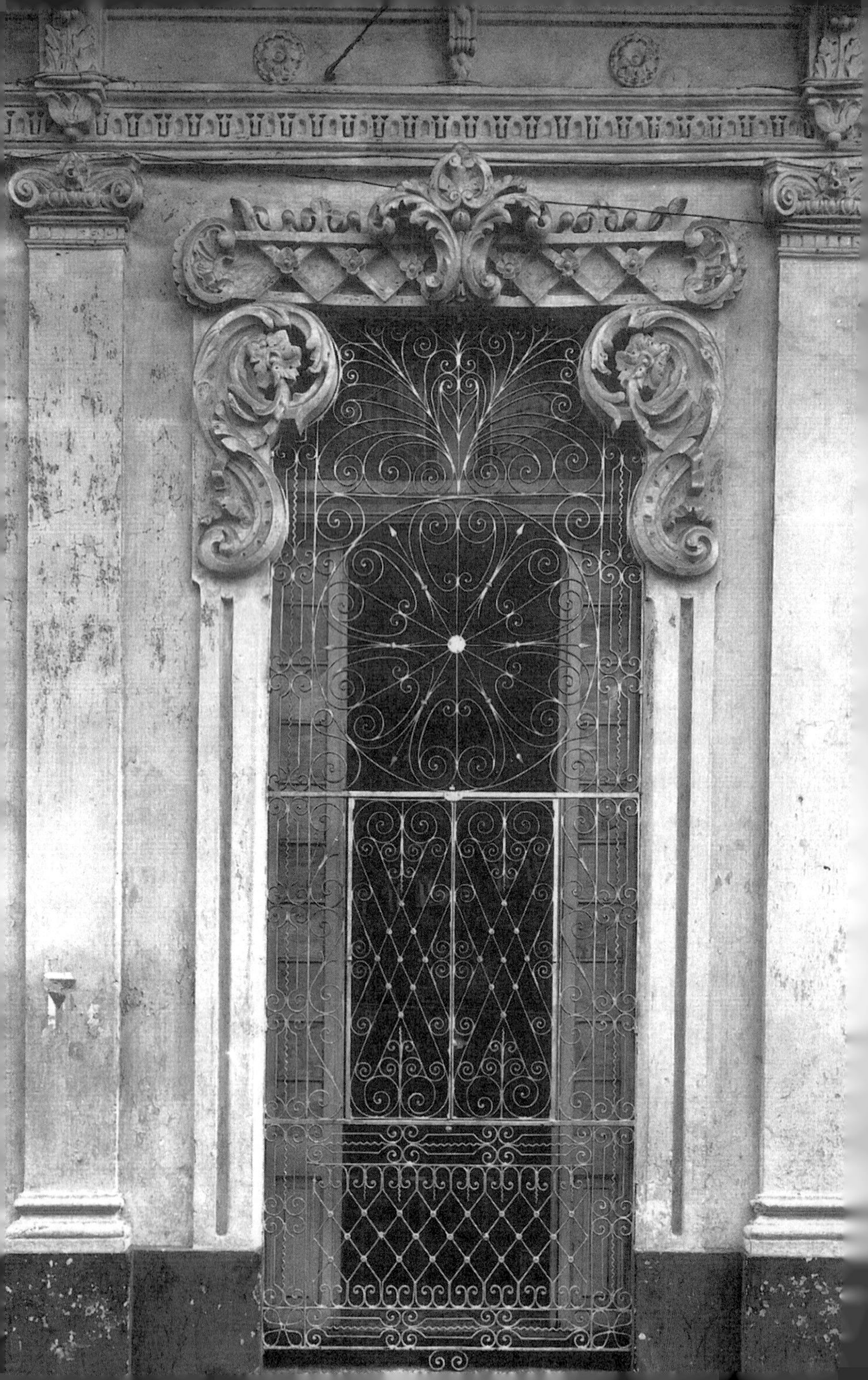

的铁栅栏。在维达多①,在西恩富格斯,在圣地亚哥,在雷梅迪奥,宅院中白色铁栅栏盘曲繁复,就像植物一样葳蕤茂盛。金属的线条弯曲成里拉琴、花卉、略带罗马风格的酒杯图案,翻涌成无穷无尽的旋涡,圈在里面的要么是与宅院同名的女主人的芳名,要么是由一串历史主义的数字所组成的日期——在维达多,大部分铁栅栏上的年份是十九世纪七十年代,也有一些可以追溯到法国大革命初期。私家宅院的铁栅栏还有玫瑰花窗式、孔雀尾式和杂糅的阿拉伯花纹式。山丘街上有几家绝好的肉铺,那里的铁栅栏也是这样的花式。这条街上的铁栅栏美轮美奂,金属的线条勾连交织,错综缠绕,寻觅着几个世纪以来只有海风和陆风才能带来的清凉。有的铁栅栏镶嵌在大杂院的木墙正面,庄重严肃,一点都不奢华。另外一些却借着哥特样式的纹章、前所未见的花饰,或是苏比西娅②般惊世骇俗的风格来彰显自己的不同凡响。有些时候,铁栅栏也会和看家护院的大理石狮子相映成趣,或者与带着成排的瓦格纳天鹅③图案和斯芬克斯图案的栏杆比邻生辉——在西恩富格斯的某些这样的铁栅栏中,蕴含着纯粹属于慕夏④和一九〇〇年世界博览会⑤的艺术格调,以及

---

① 维达多位于哈瓦那老城的城墙外,自19世纪70年代起,大批资产阶级新贵开始在这里修建住宅。
② 苏比西娅(Sulpicia),公元前1世纪的古罗马女诗人,以色情诗和讽刺诗见长。
③ 德国作曲家瓦格纳与有"天鹅国王"之称的路德维希二世交情甚笃,后者以瓦格纳的歌剧《天鹅骑士》为灵感创作兴建了著名的新天鹅堡。
④ 阿尔丰斯·慕夏(Alphonse Maria Mucha, 1860—1939),捷克艺术家,新艺术运动大师。
⑤ 这届世博会在巴黎举办,慕夏的作品在此次展会中大获成功。

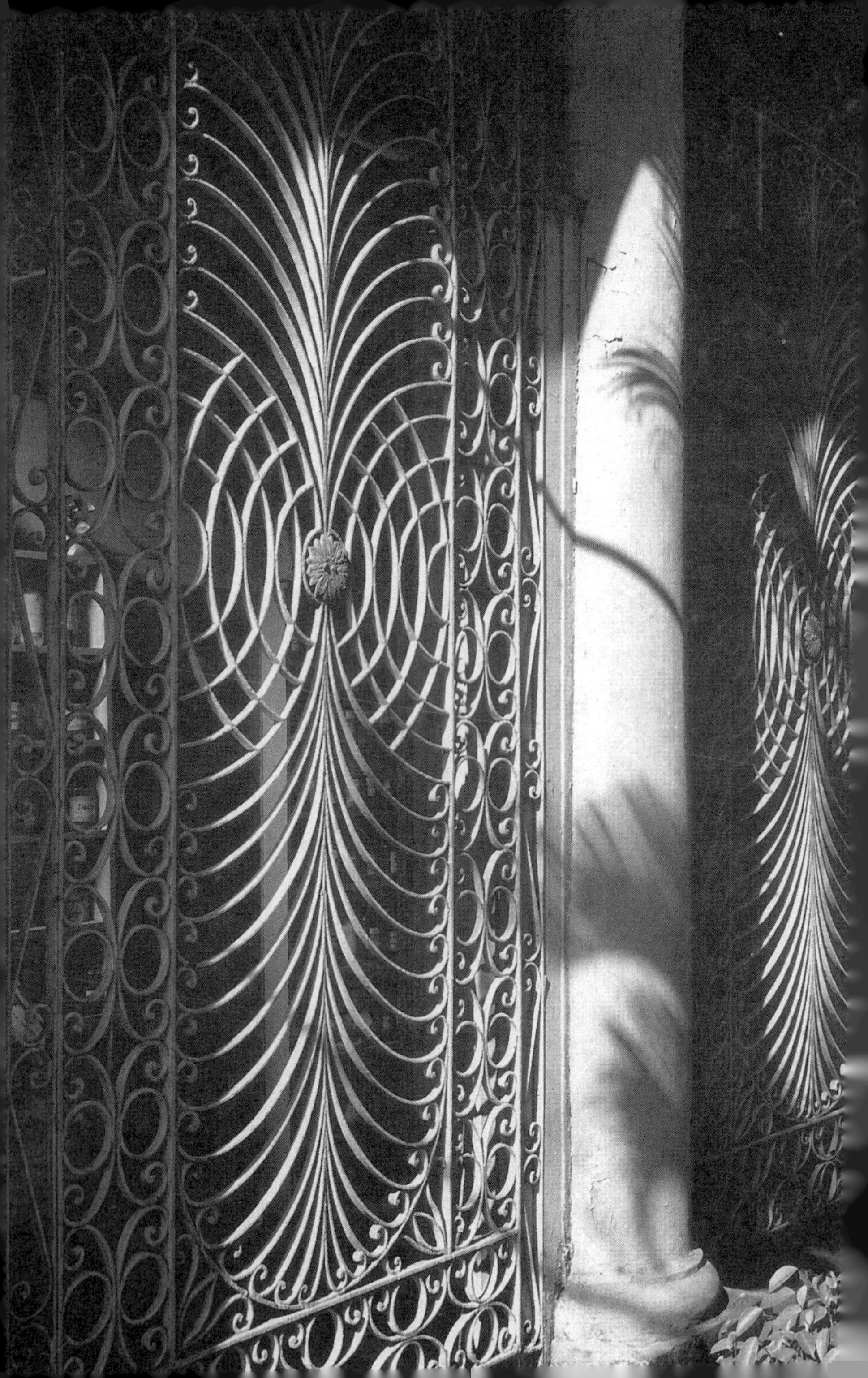

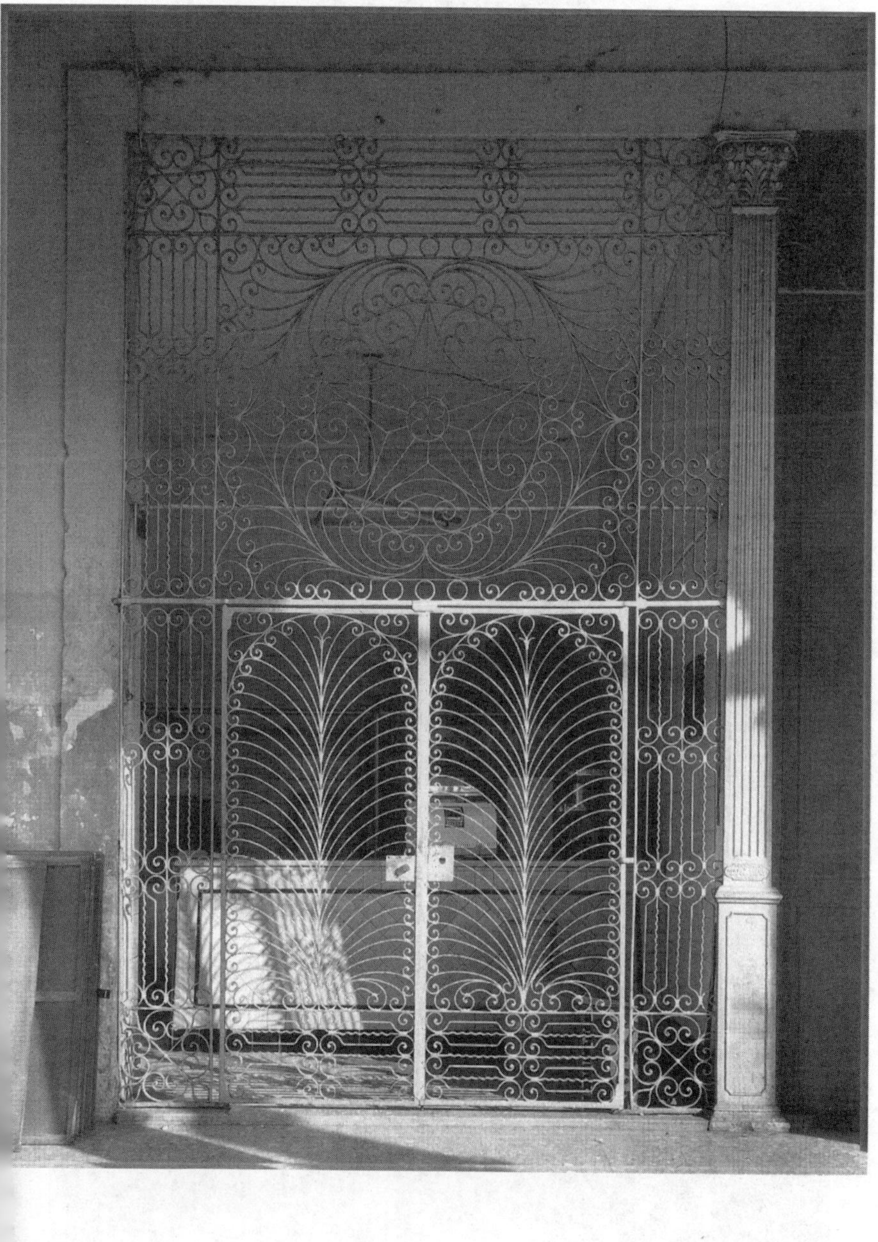

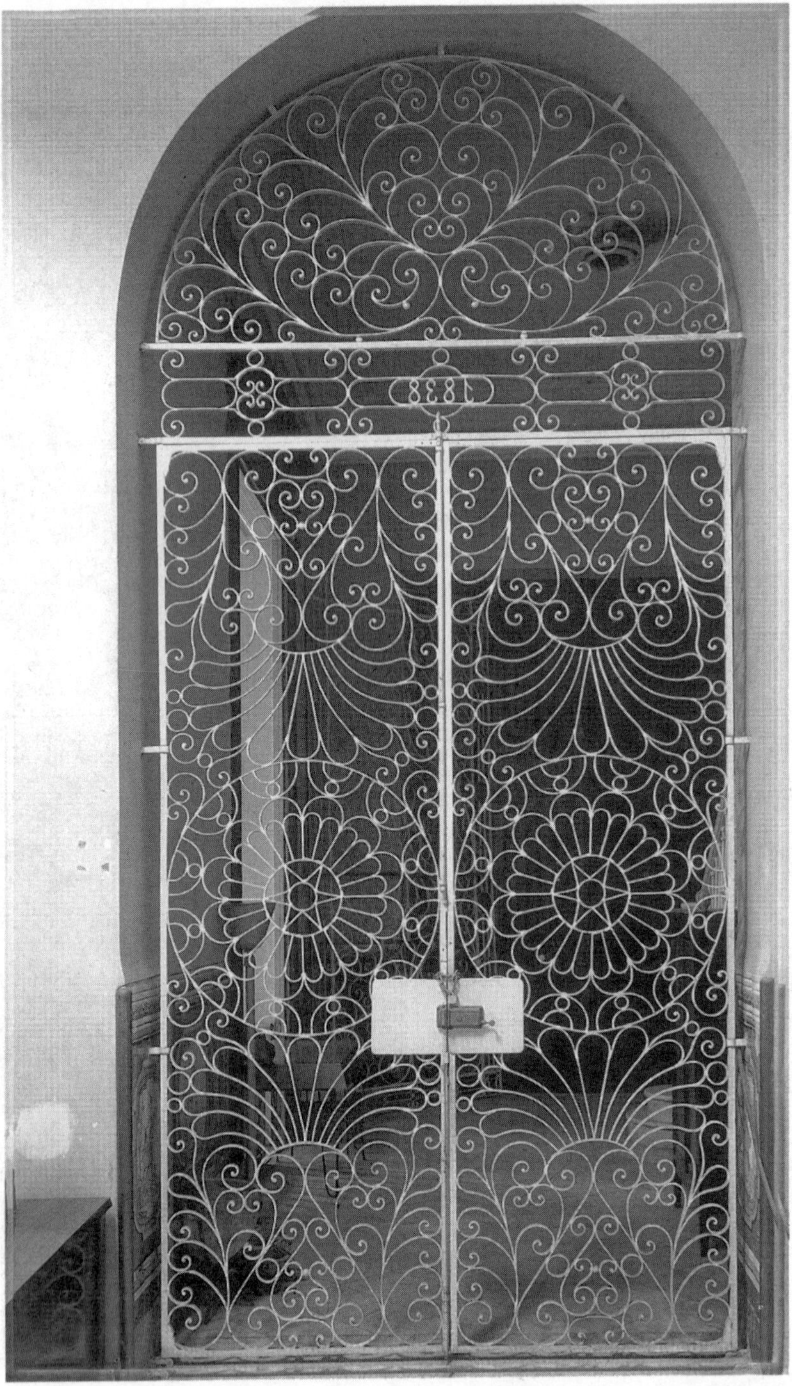

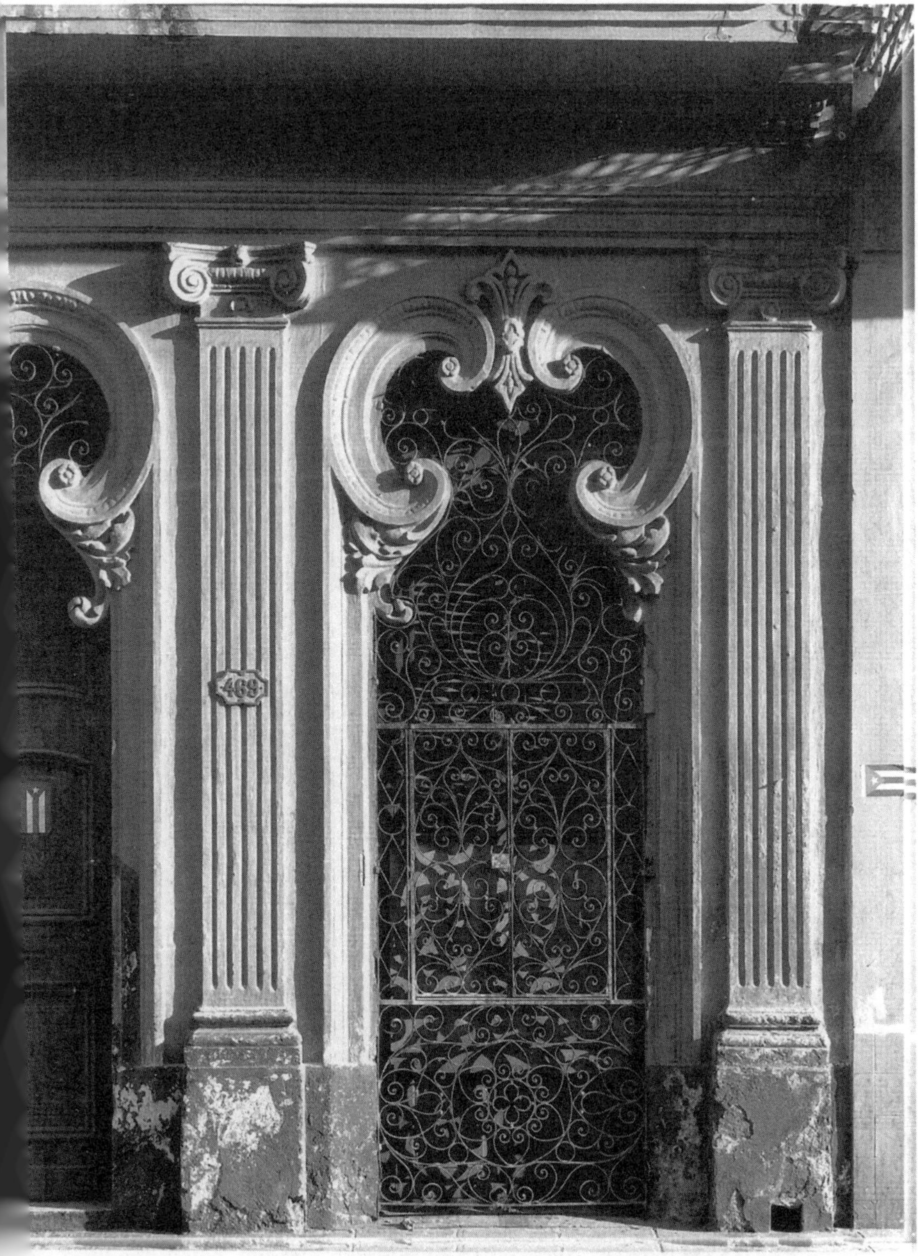
469

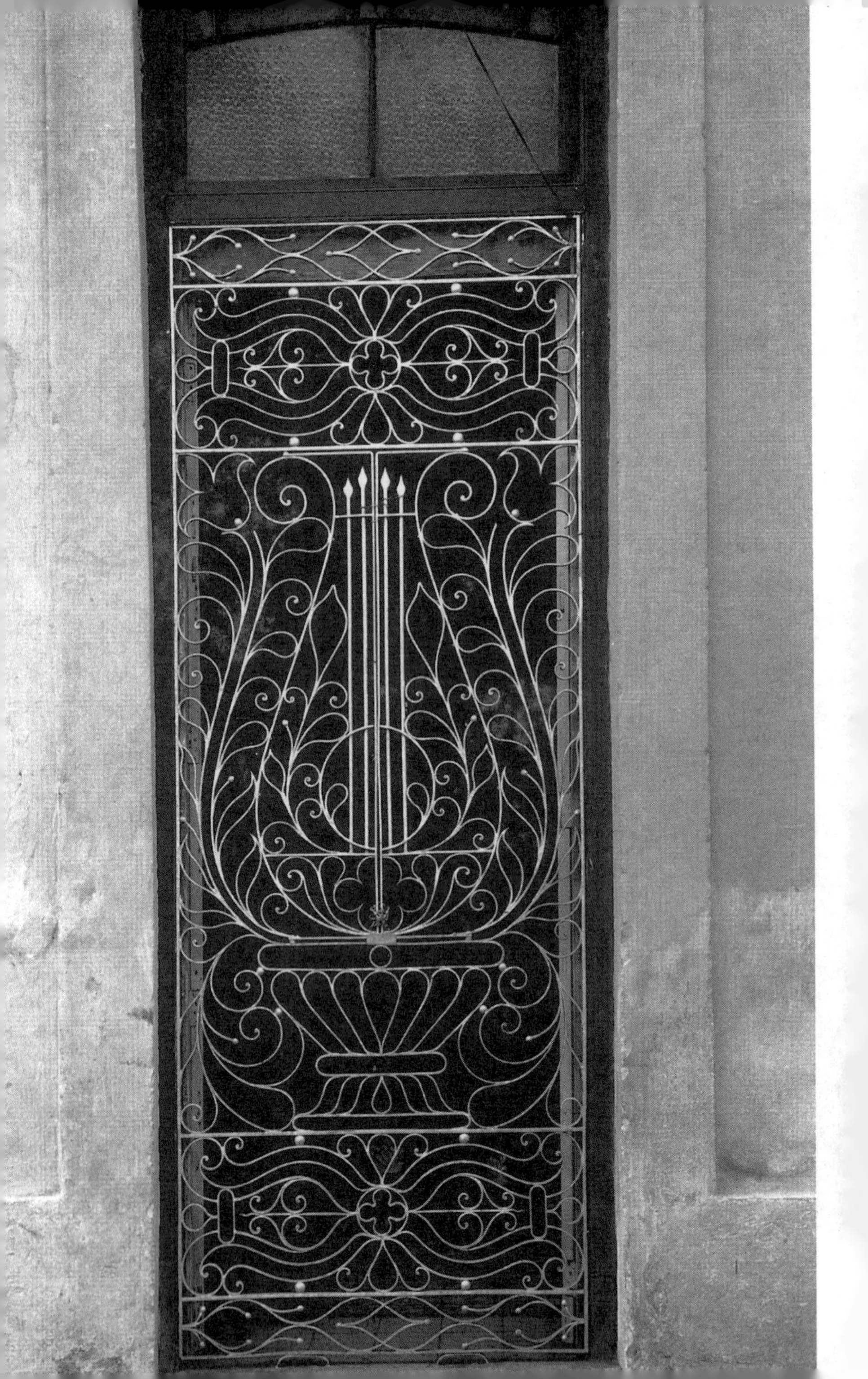

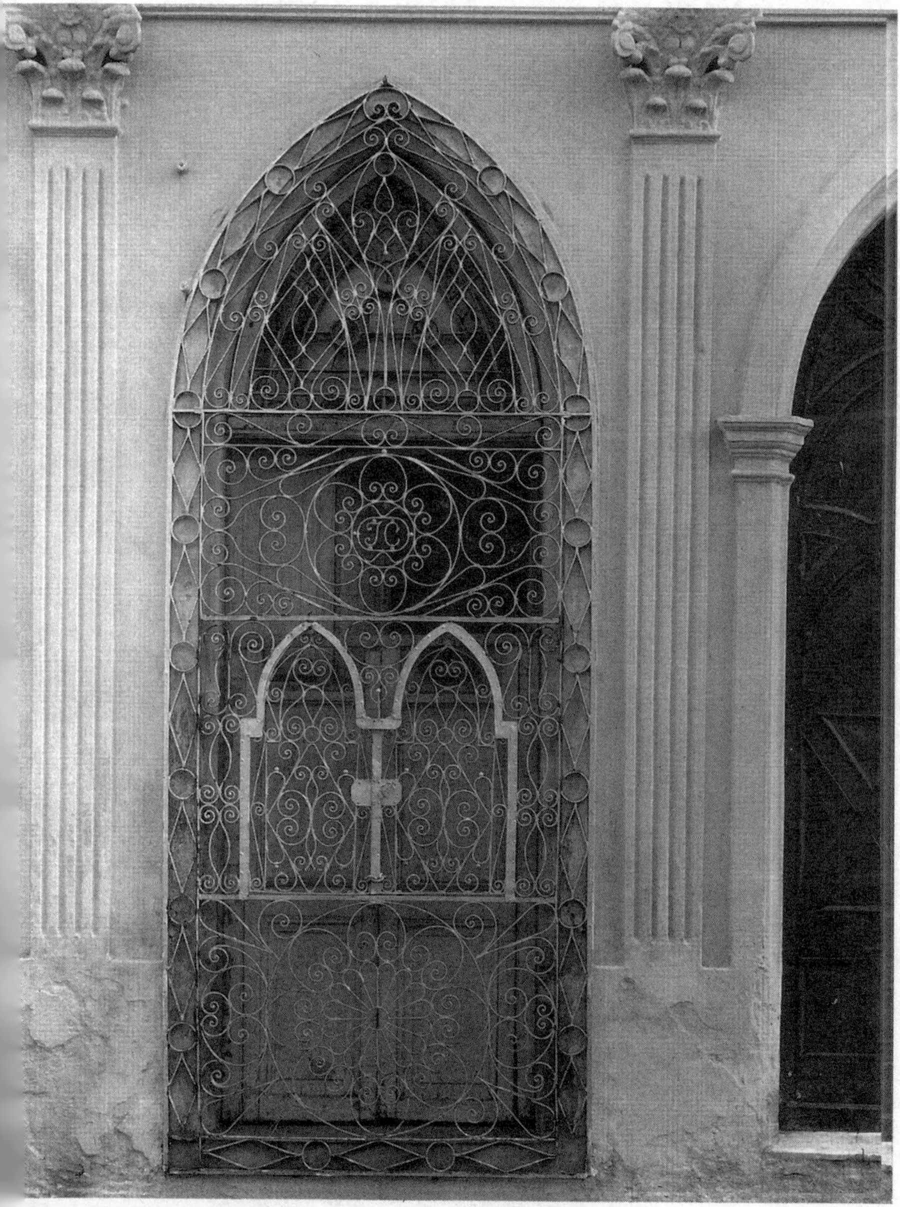

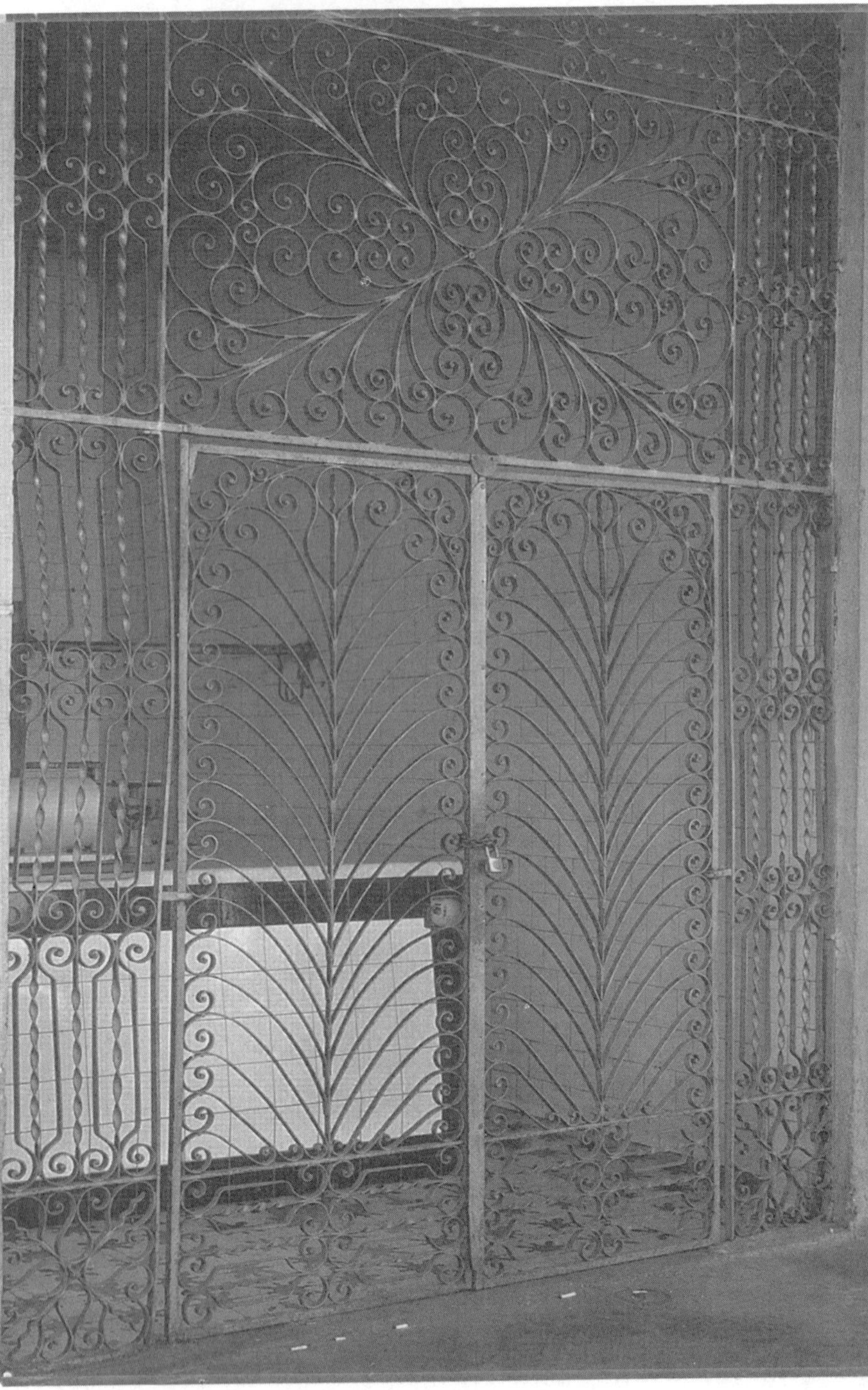

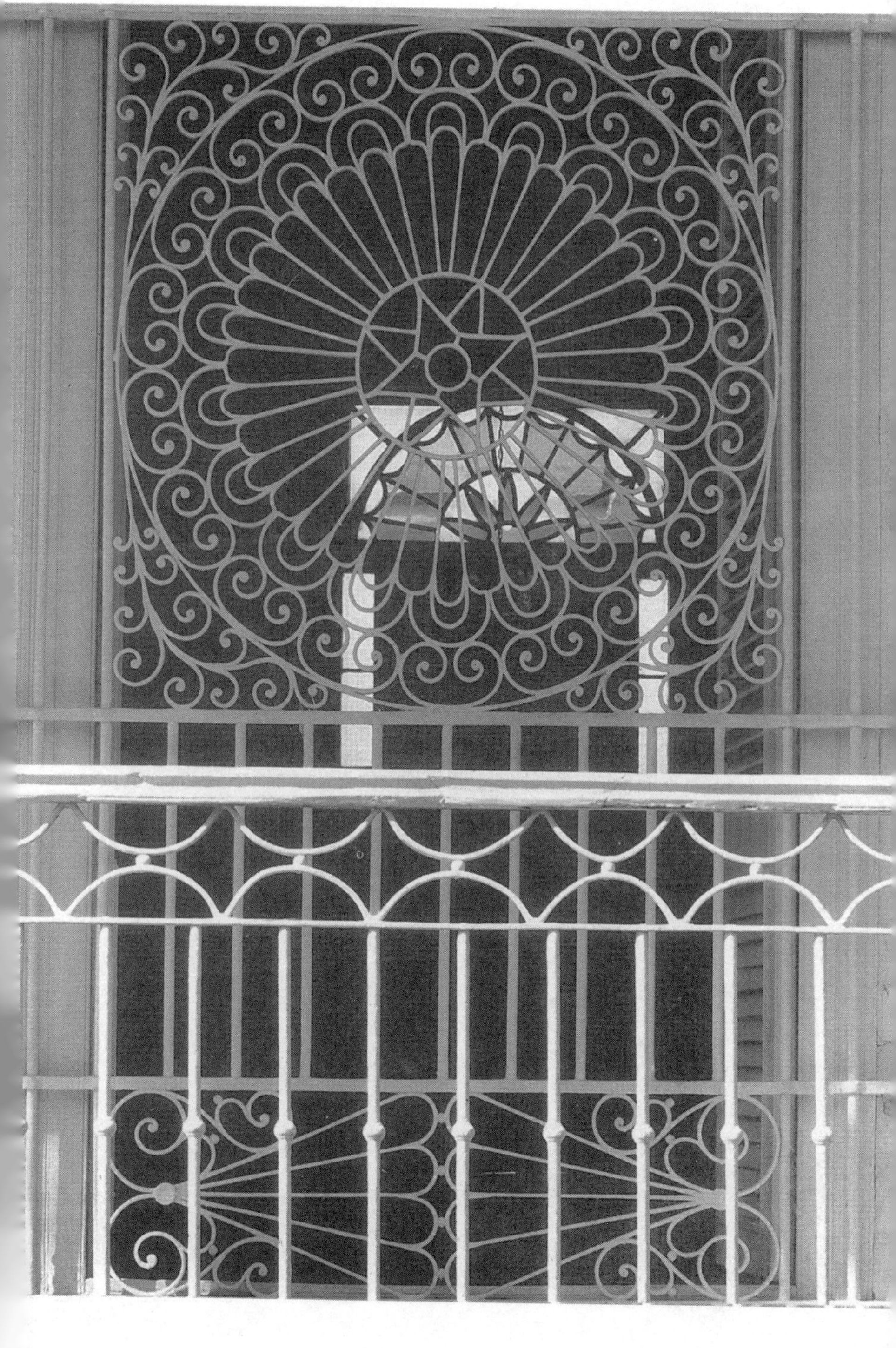

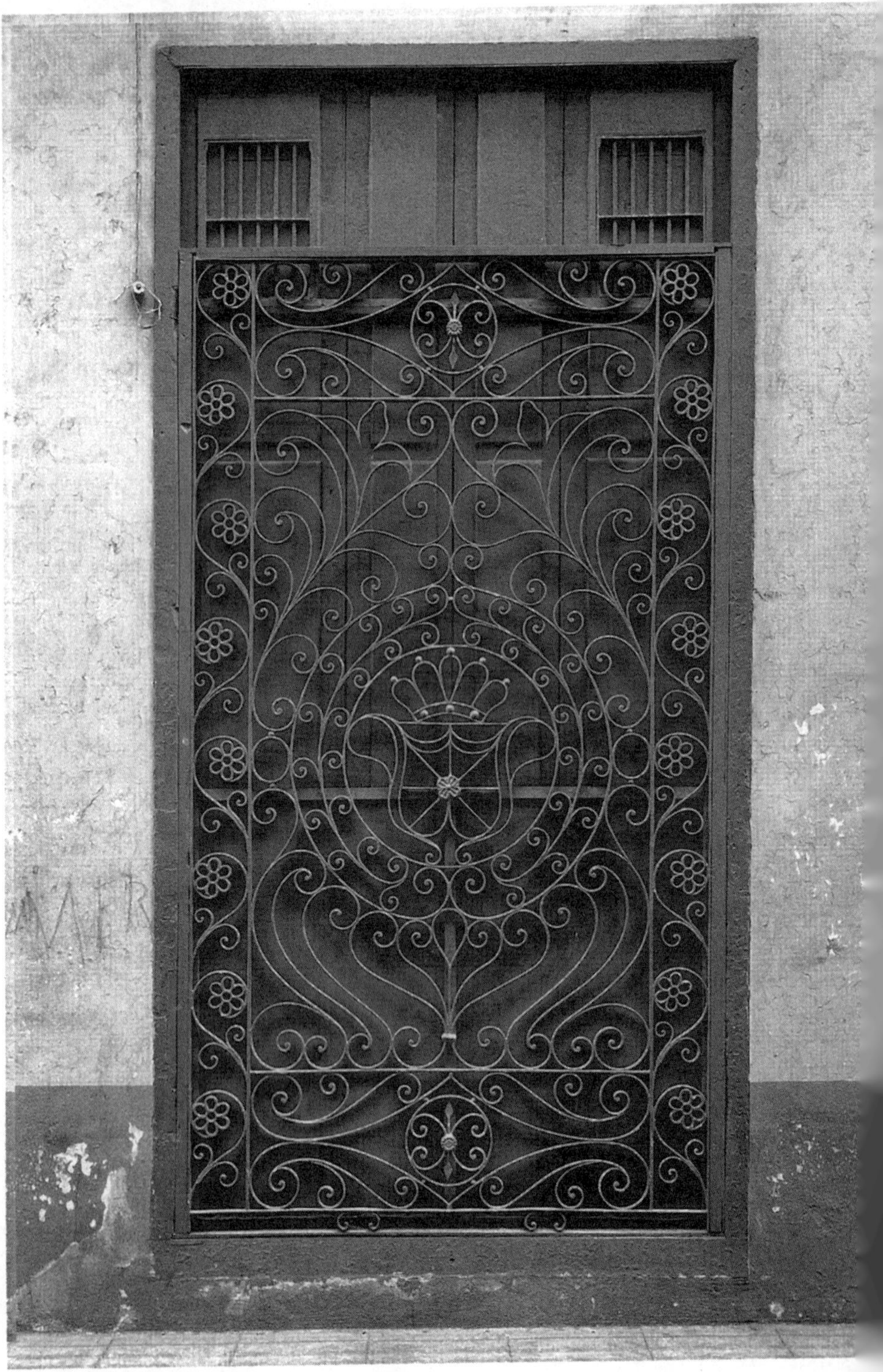

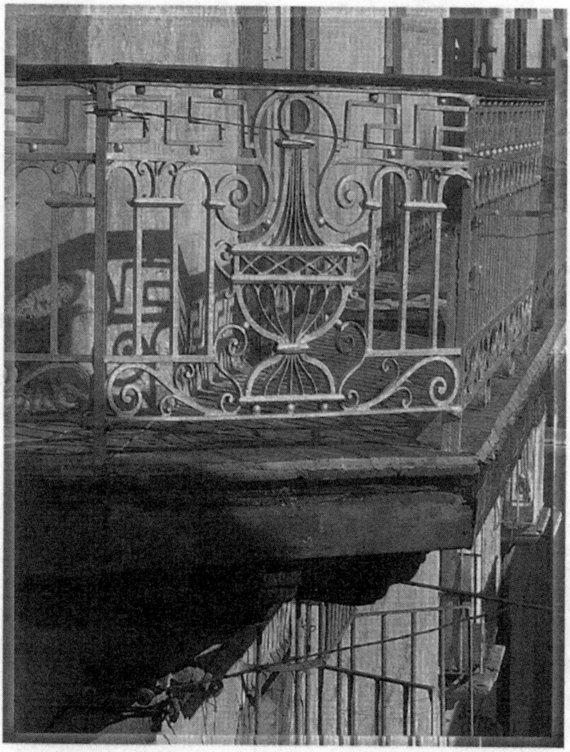

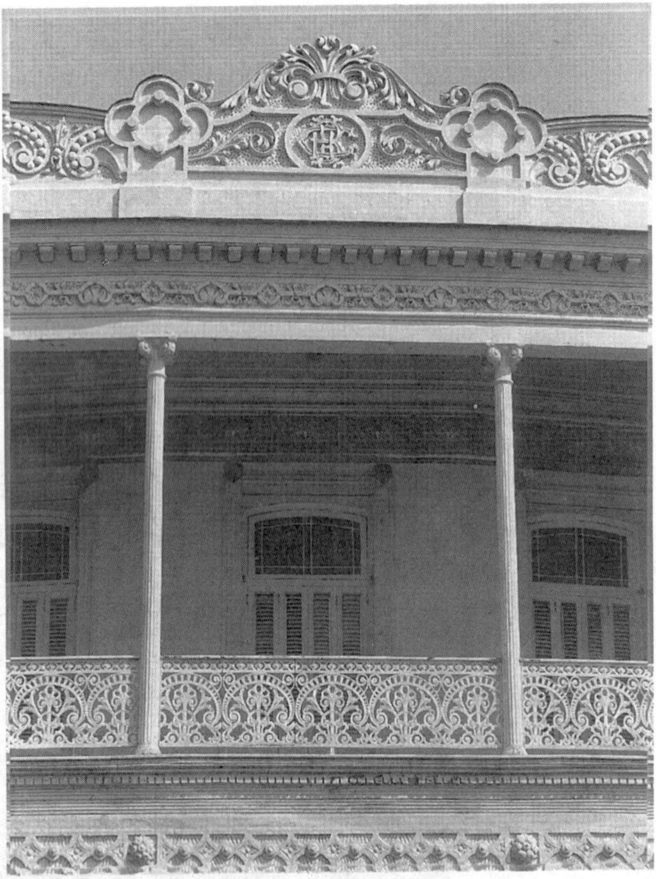

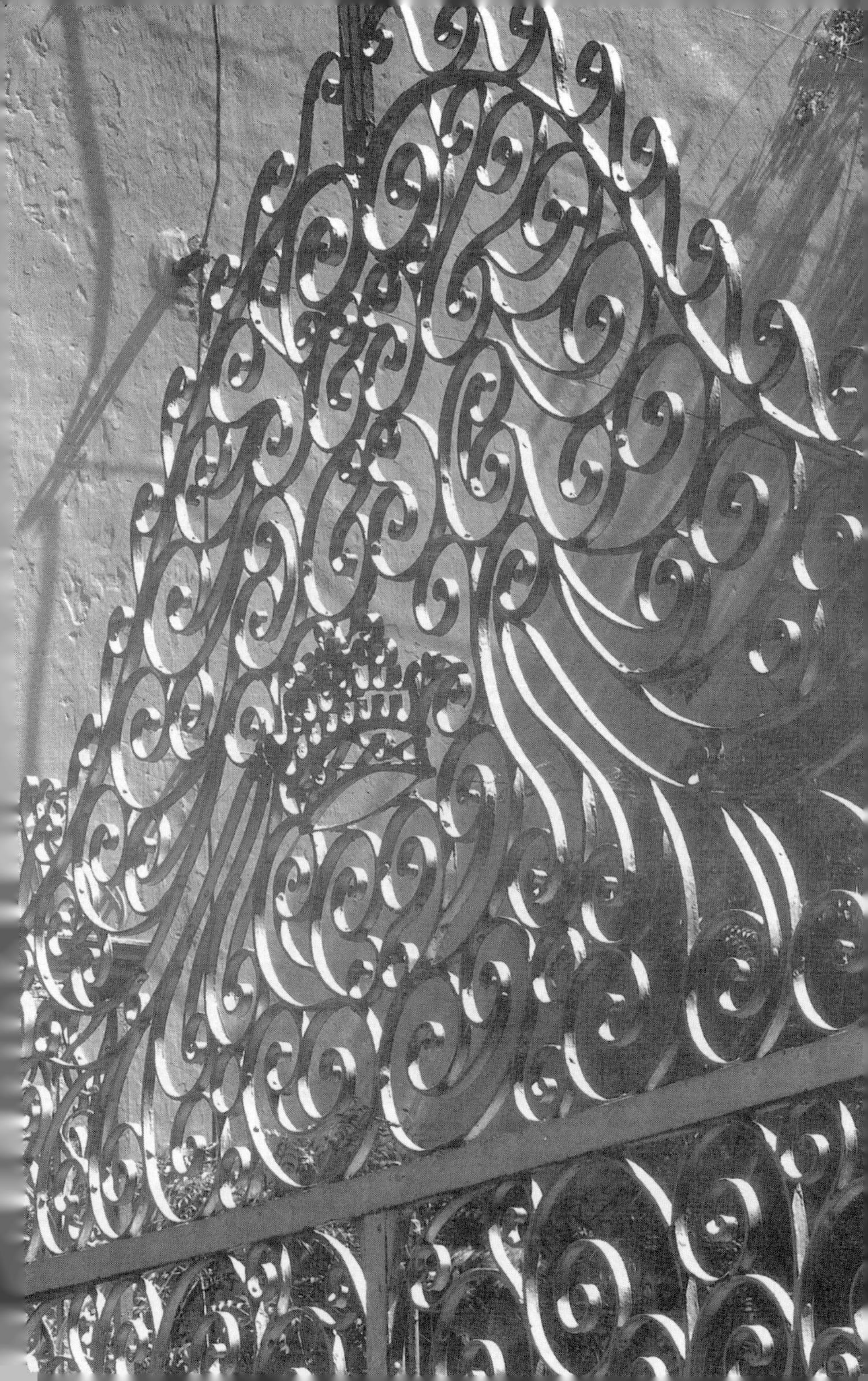

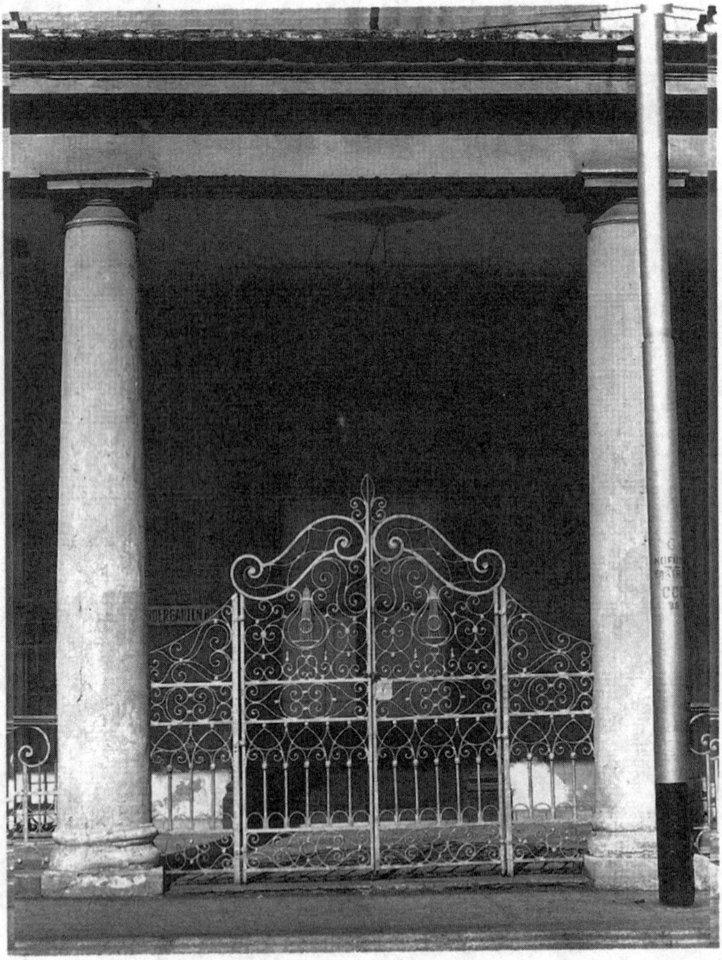

介于拉斐尔前派[①]和王尔德之间的、难以界定的美学品位。古巴的铁栅栏可能借鉴了格列柯博物馆[②]里的山羊花样，或者阿兰胡埃斯的宅邸[③]花样。窗上镶着的铁栅栏则可能模仿了某个卢瓦尔城堡[④]中的样式（在古巴，新修的摩尔古堡、外墙崭新的中世纪城堡，以及对布鲁瓦城堡[⑤]和香波尔城堡[⑥]最出离想象的仿建品都屡见不鲜）。特别之处在于，这些铁栅栏可以安放在属于每一个社会阶层的建筑中（豪宅、杂院[⑦]、宿舍、群居楼、窝棚）而不失其独到的风韵。哪怕是寒酸得连油漆都没涂的门板外的一扇只有单个涡旋的铁栅栏，也出乎意料地惹人注目。

在殖民地时代的老宅里，除了挡雨檐和它底下的木栏杆，几乎见不到阳台的身影。然而从二十世纪起，墙上的阳台开始多起来。随着它们在一个又一个街角日益绵延，与古巴的

[①] 又被译为前拉斐尔派，1848 年在英国兴起的美术改革运动。
[②] 纪念西班牙伟大画家埃尔·格列柯的博物馆，位于西班牙托雷多古城。
[③] 位于西班牙马德里南部，西班牙王室别墅所在地。
[④] 指位于法国卢瓦尔河谷的城堡群，多属法国文艺复兴时期的建筑。
[⑤] 指法国的布鲁瓦皇家城堡。
[⑥] 法国卢瓦尔河谷城堡群中最宏伟的皇家城堡，曾为法国王室的狩猎行宫。
[⑦] 译文中的杂院（cuartería）和群居楼（solar）是古巴常见的民居。哈瓦那老城区的杂院和群居楼多为几世纪前甘蔗园主和达官显贵们的独户宅邸，修建得十分华贵。后来随着城市的扩张和种植业的发展，哈瓦那的上层阶级纷纷迁往别处居住，并将废弃的宅院分租给穷人们；古巴废除奴隶制后，一些黑奴也搬进了奴隶主废弃的住宅里。这些群居的宅院便分别叫作"cuartería"和"solar"。古巴革命胜利后，很多富人流亡国外，他们留下的独户别墅也被政府分给了多户合住。群居楼一般有两层或者多层，带有高大的楼梯和中央天井，部分房间配有独立卫生间。杂院的外观比较像普通私家小楼，只有公用卫生间。但是在现在的古巴，这两个词已经可以混用，基本没有区别了。

047

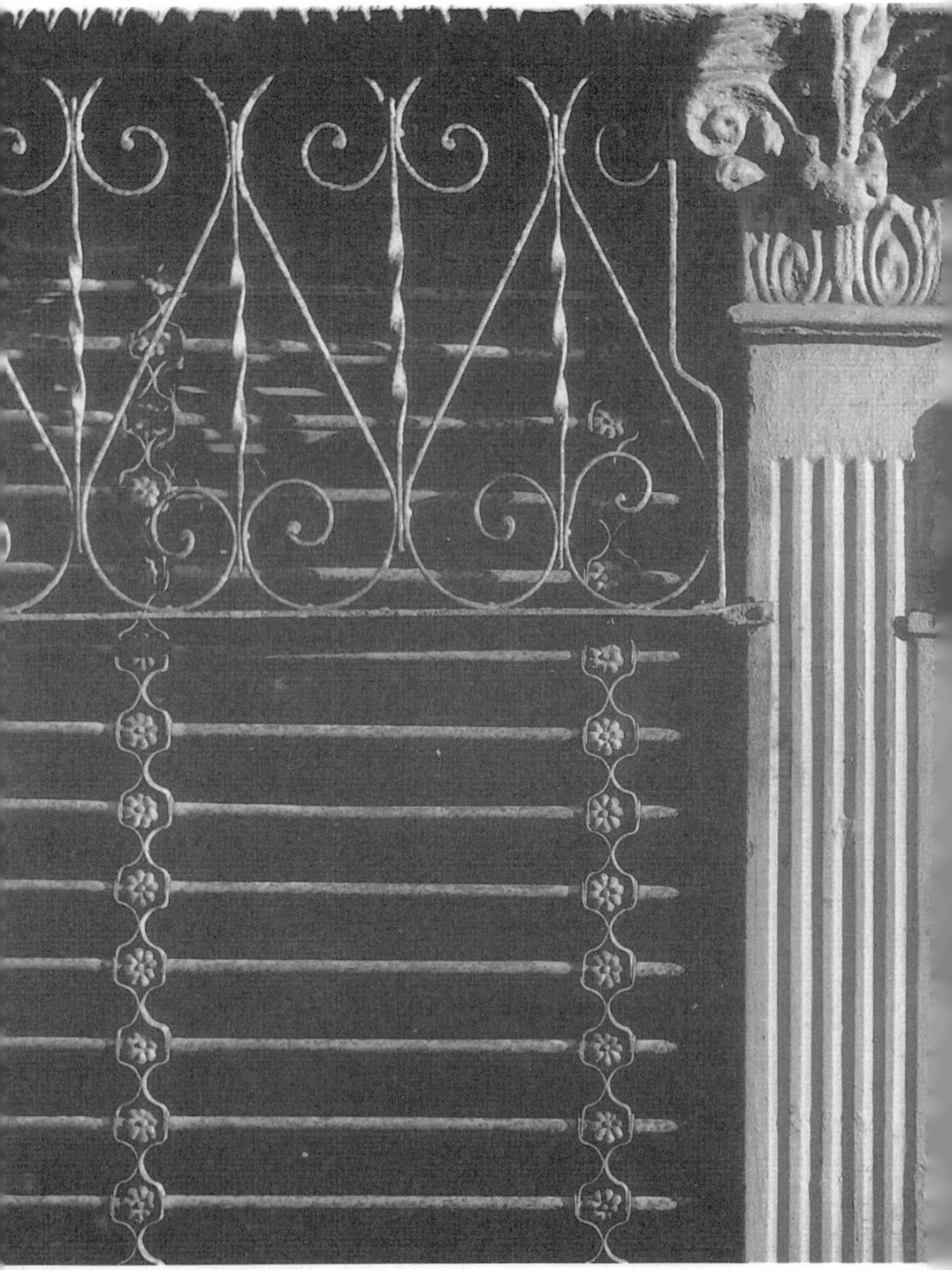

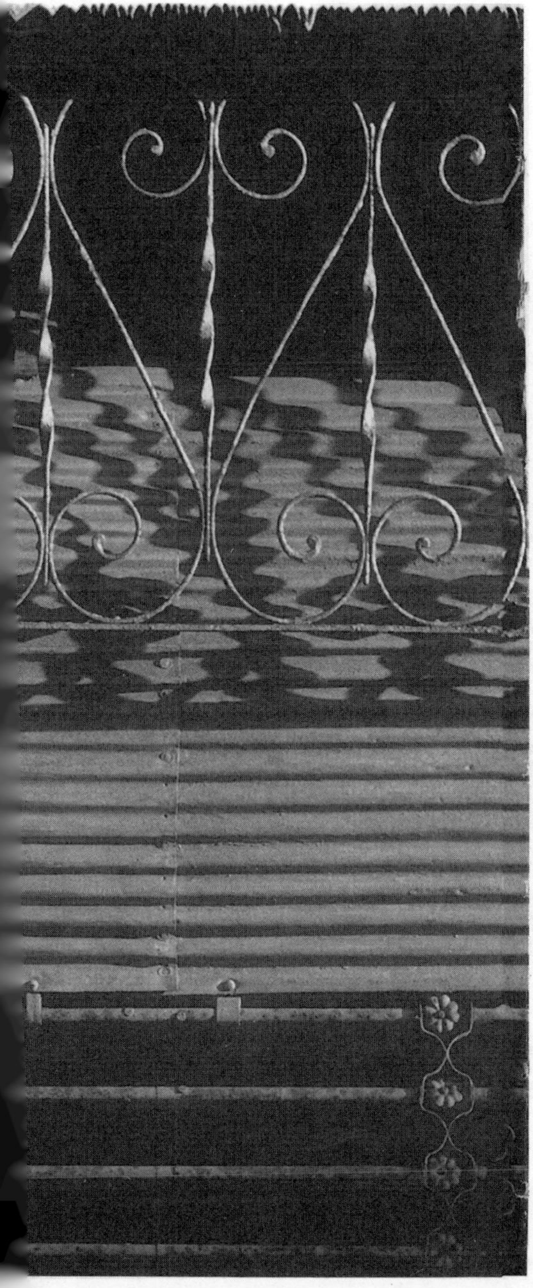

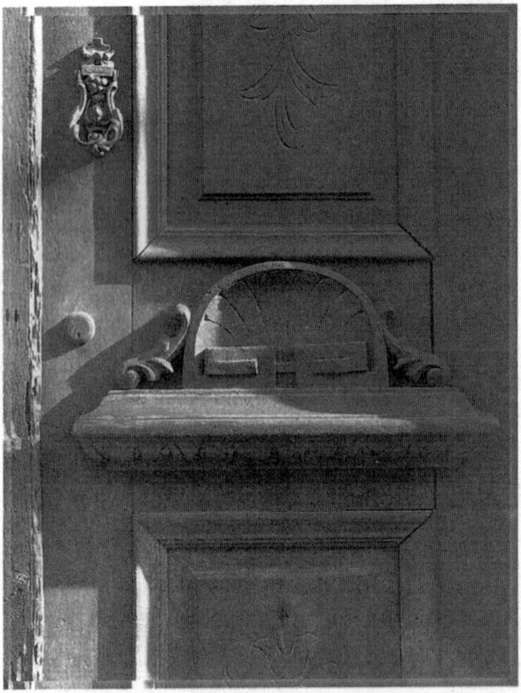

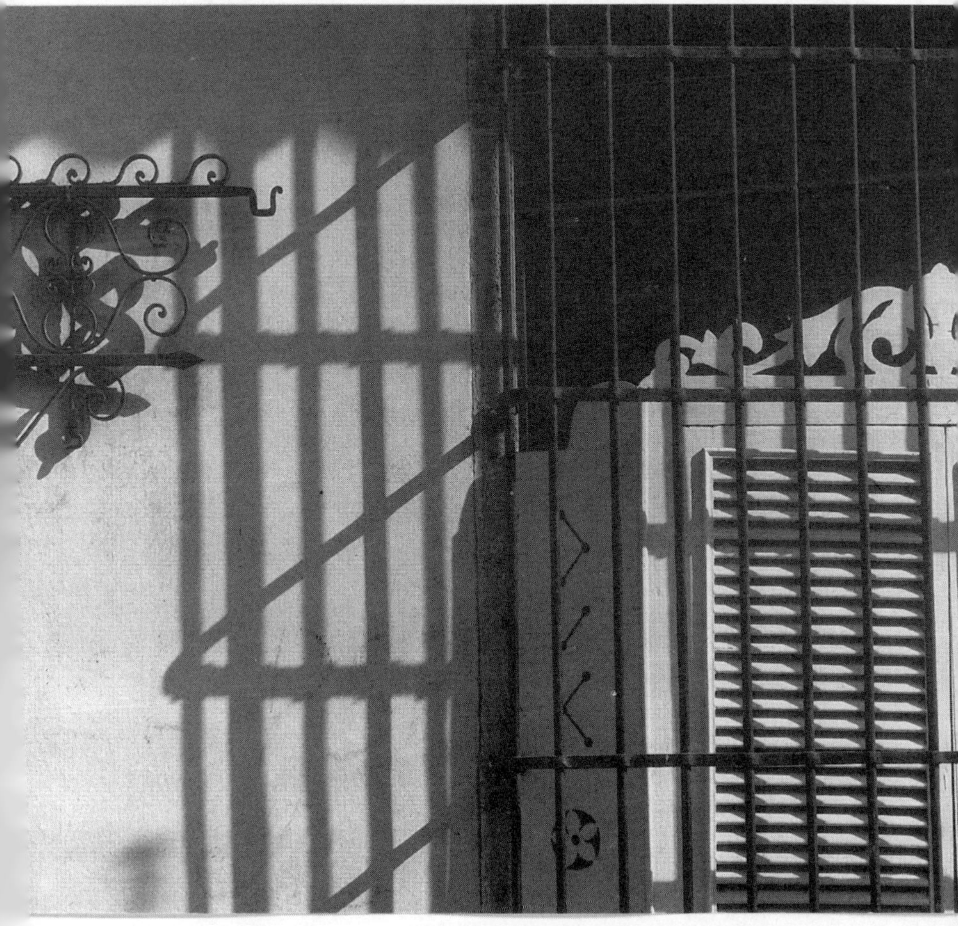

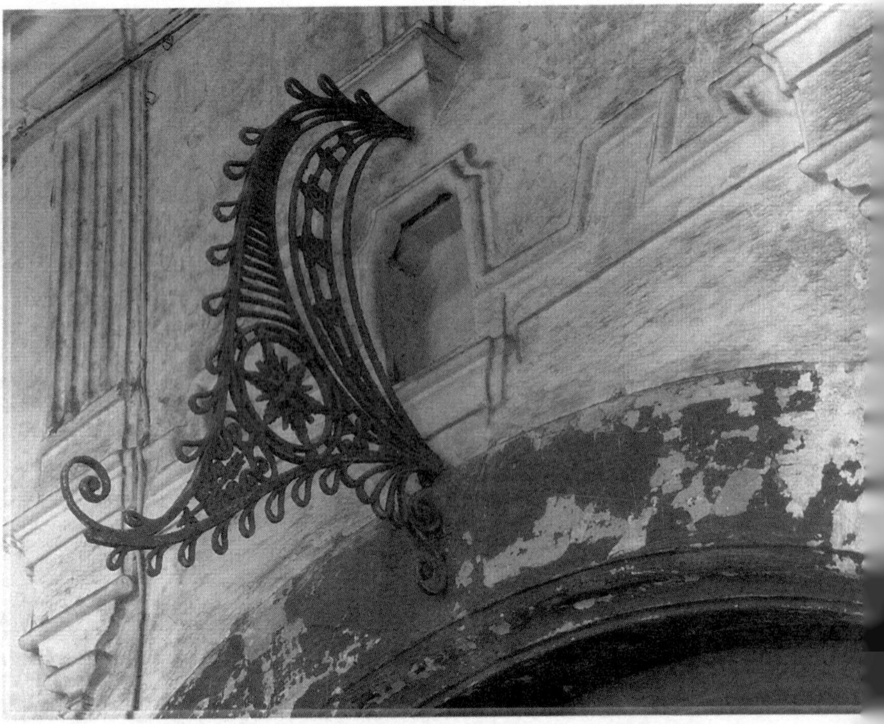

铁栅栏密不可分的"阳台隔"①也在一座又一座城市上空应运而生，为重重的楼阁划分疆界。作为房子（也完全可以说是屋子）尽头带着装饰的空中边界，"阳台隔"不断地重复和衍生着地面上的铁栅栏所具备的所有装饰主题，把凝聚在这座克里奥尔风格的城市中的巴洛克建筑元素从大街上抬升到了楼层上。随着新的里拉琴、新的高音谱号、新的玫瑰花窗诞生在空中，濒临灭绝的锻造工艺也重新焕发了生机。采用这门工艺打造的铸铁挂灯架如今已成绝响（哈瓦那还保留着一些精美奇巧的老灯架），它们常常恰到好处地从某座宅院的拱形大门上方伸出臂膀。门边的铁艺护墙套也融入了一个光怪陆离、满眼尽是套着金属轮箍的汽车的现代世界。

在古巴的城市里至今还保留着一些锈迹斑斑的护墙套，它们已经被浸润在空气中的海盐腐蚀成绿色。从这些护墙套上的阿拉伯花纹中，保罗·加斯帕里尼用他富有表现力的镜头发现了一个意想不到的世界。那里洋溢着太阳的符号，还有粗粝的、类似星星形状的装饰图案。它们就像模糊的古代石雕，一旦融入外部环境，便被赋予了丰富的个性。正是这些立柱、铁栅栏、阳台隔和护墙套——有时还包括一帧窗边

---

① 即guardavecino, 指划定邻里阳台界限的铁艺装饰。由"guarda"（守护）和"vecino"（邻居）两个词构成。

的装饰图样、一处雕花木的镶嵌、一张古怪的面饰、一只檐角上的排水兽——定义了街头巷尾的古巴风格。接下去,我们该把目光投向宅院内部的巴洛克主义了。

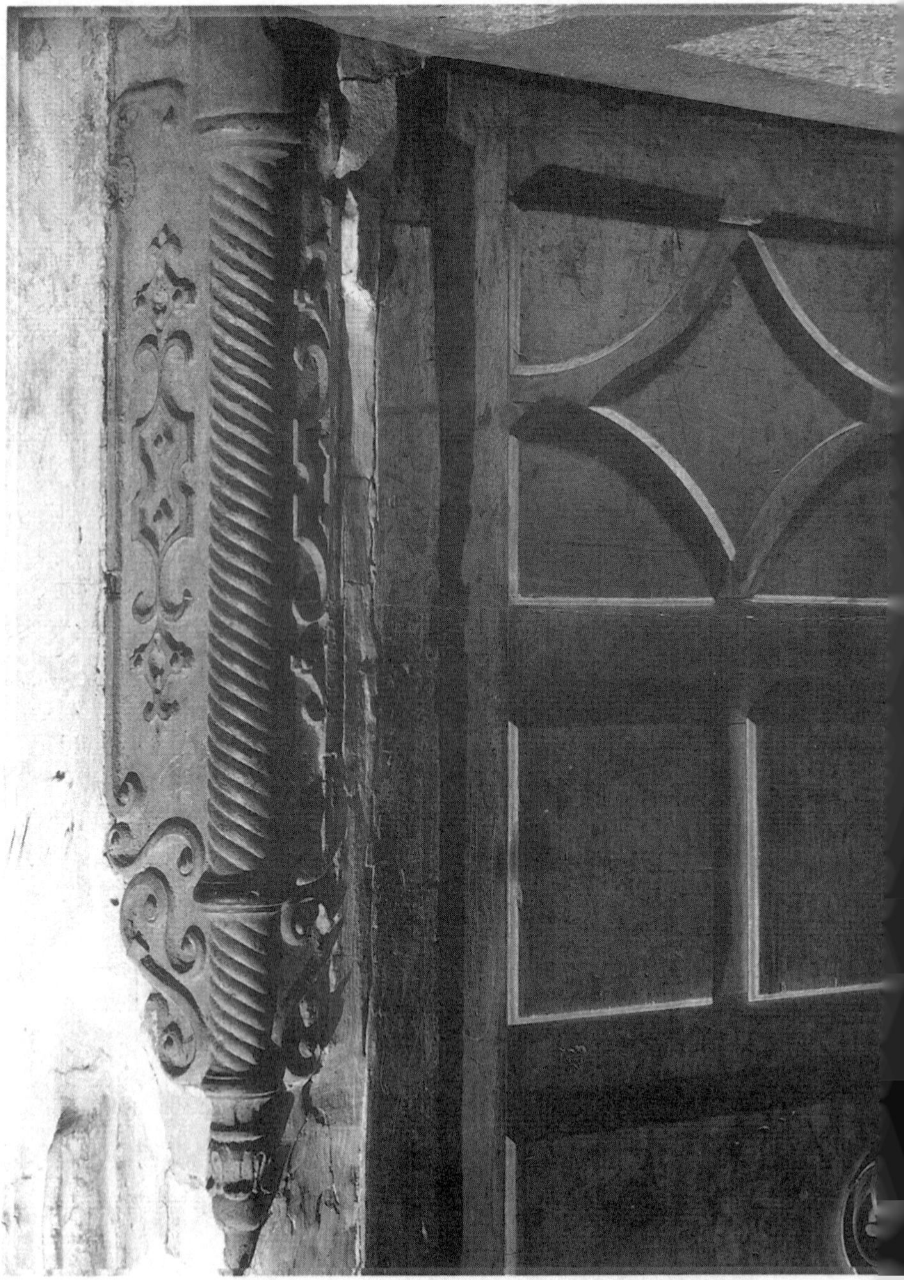

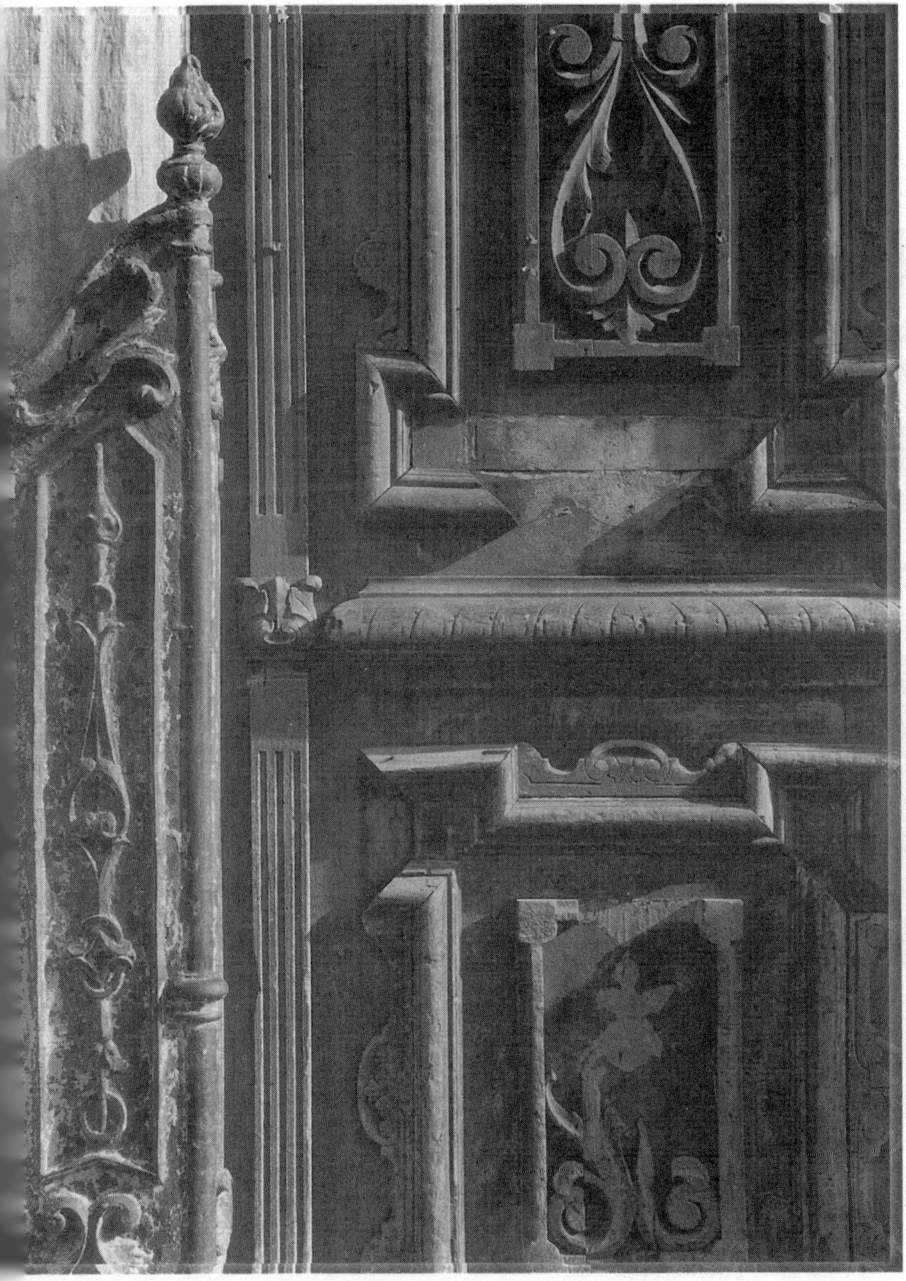

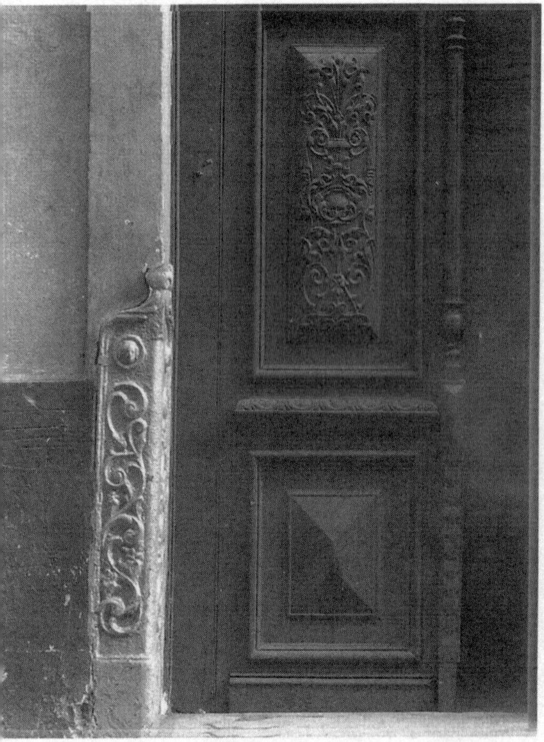

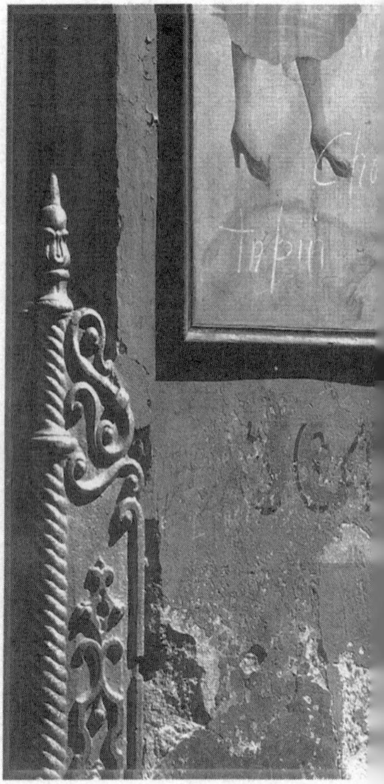

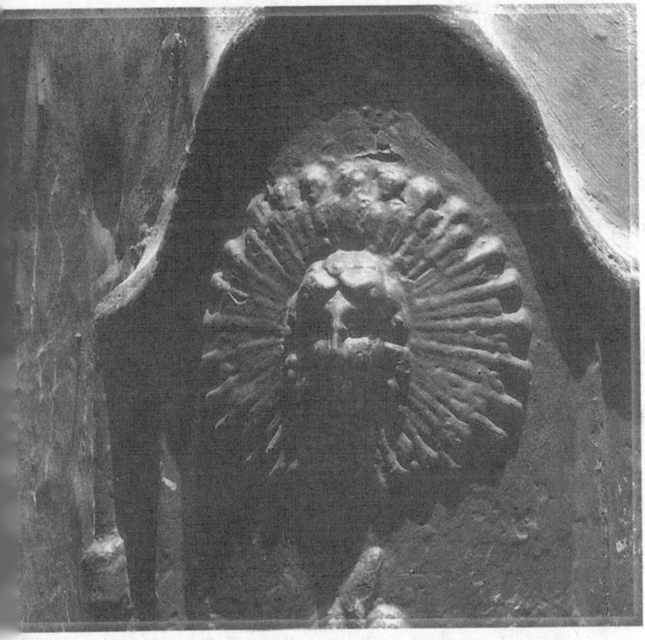

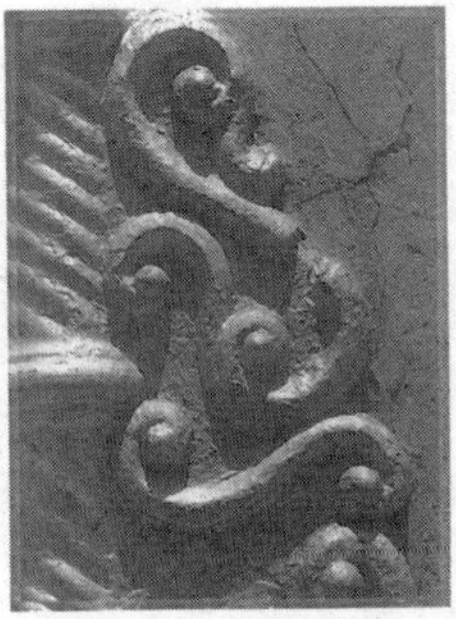

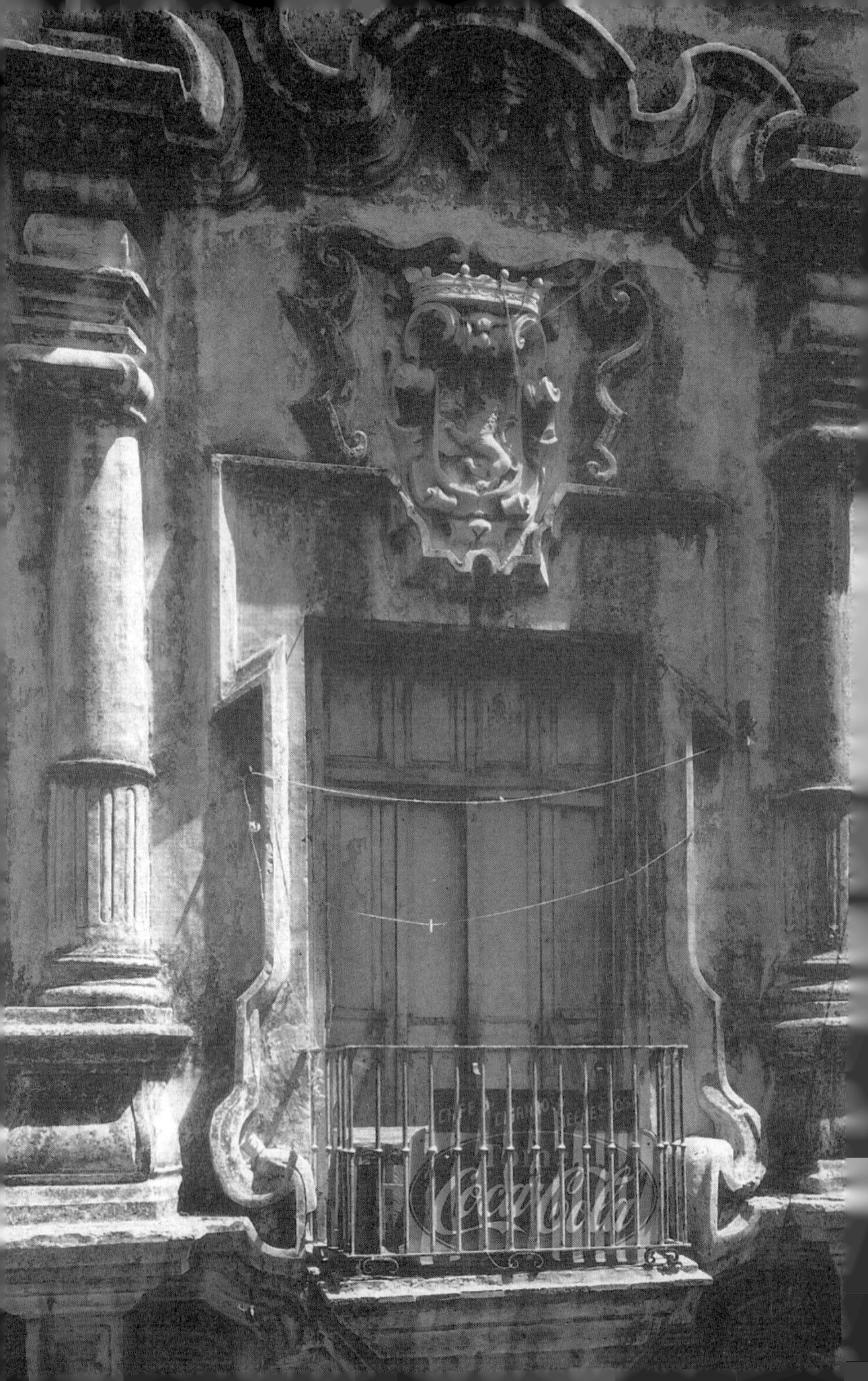
Coca-Cola

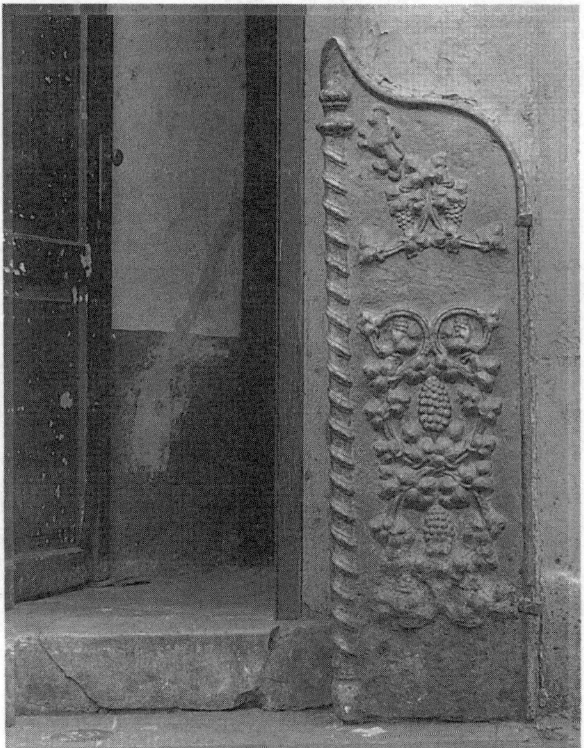

062

063

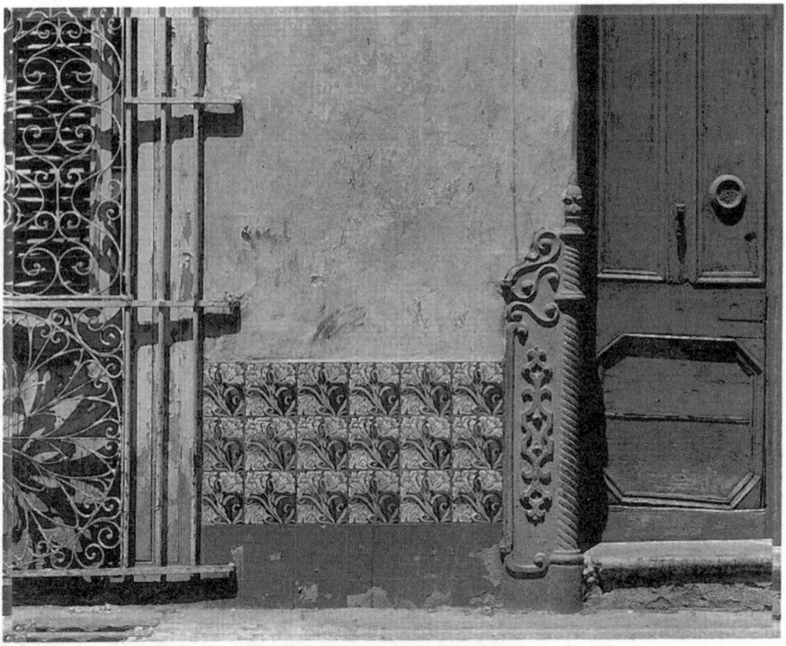

四

　　在被誉为"新大陆的要塞和前厅"的古巴，西班牙工匠们早在殖民地时代就多多益善地在城市中修起了通风的"修士街角"，甚至妄想把所有的房舍都建成这般模样。为了达到目的，他们往往钟情于构建五条街道交叉的路口。几个世纪以来，古巴住宅内部一直保留着遮阴和因地制宜地利用风向来纳凉的传统。在我的童年时代，家家户户都会完美地规划好宅院中的"凉亭"，并随着春秋的交替而别具一格地更换它的位置。这方隐秘的宝地还会被主人当作友情的试金石，与自己青睐的贵客共同分享。此外，"凉亭"也意味着对传统礼数的颠覆。若是某家的"凉亭"恰好位于后院的角落，或者靠近厨房，而大厅又往往（或偶尔）不那么凉快的话，主人待客时通常只在大厅客套地寒暄几句，很快就会把座椅和扶手椅搬到"凉亭"里去。那里可以吹拂到九点钟从天而降的陆风，在某些月份里，还能享受到带着遥远的雨意从科西玛①吹来的海风。而人们对搭建"凉亭"的痴迷，也导致了"幔笆拉"的兴盛。

如果我们在当下的词典中查找"幔笆拉"的含义，将会得到"木头、布料或皮革质地的框架做成的可移动屏风……"等诸如此类的解释。然而这个定义，距离几个世纪以来决定了古巴民宅风格的那个举足轻重的装饰性和建筑性元素，实则相差甚远。几百年间，被截短到与人身高齐平的"幔笆拉"构成了克里奥尔民居中真正的室内门，并开创了一种特殊的家庭关系和群居生活的观念。在我们这代人的青少年时代，古巴中产阶级家庭里经典的"幔笆拉"还是通过合页叠加在真门前面的"假门"，门后的空屋只有在家里人患病或死亡时才能派上用场，所以平常除了冬日里肆虐的北风，没人会去推开安着"幔笆拉"的那扇门。住宅中而非办公室里

---

① 哈瓦那东郊的渔港，海明威《老人与海》的故事就发生在这里。

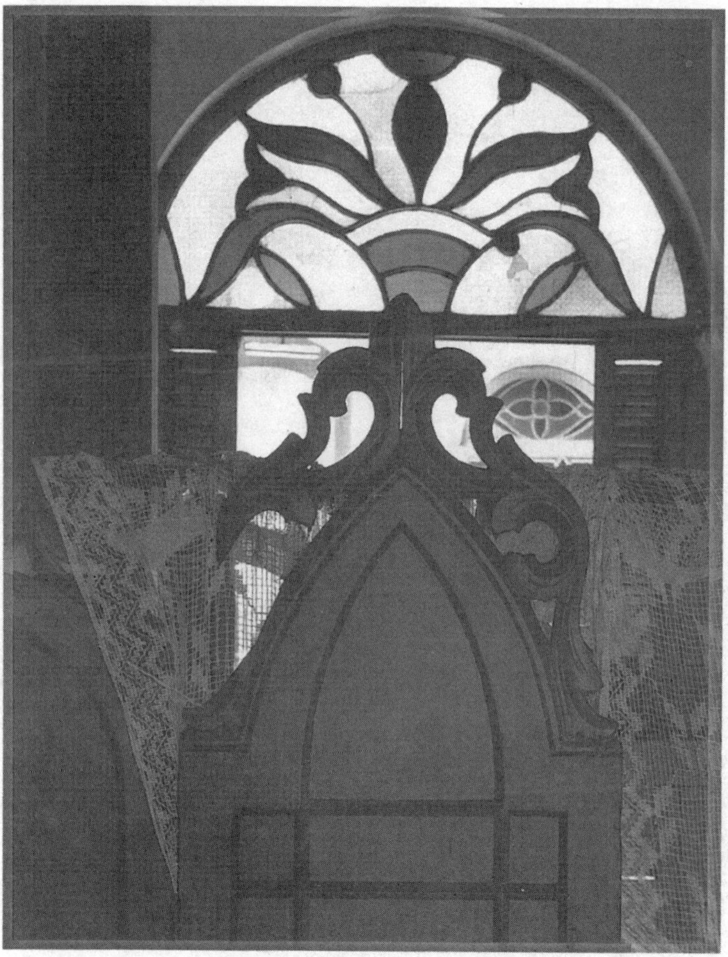

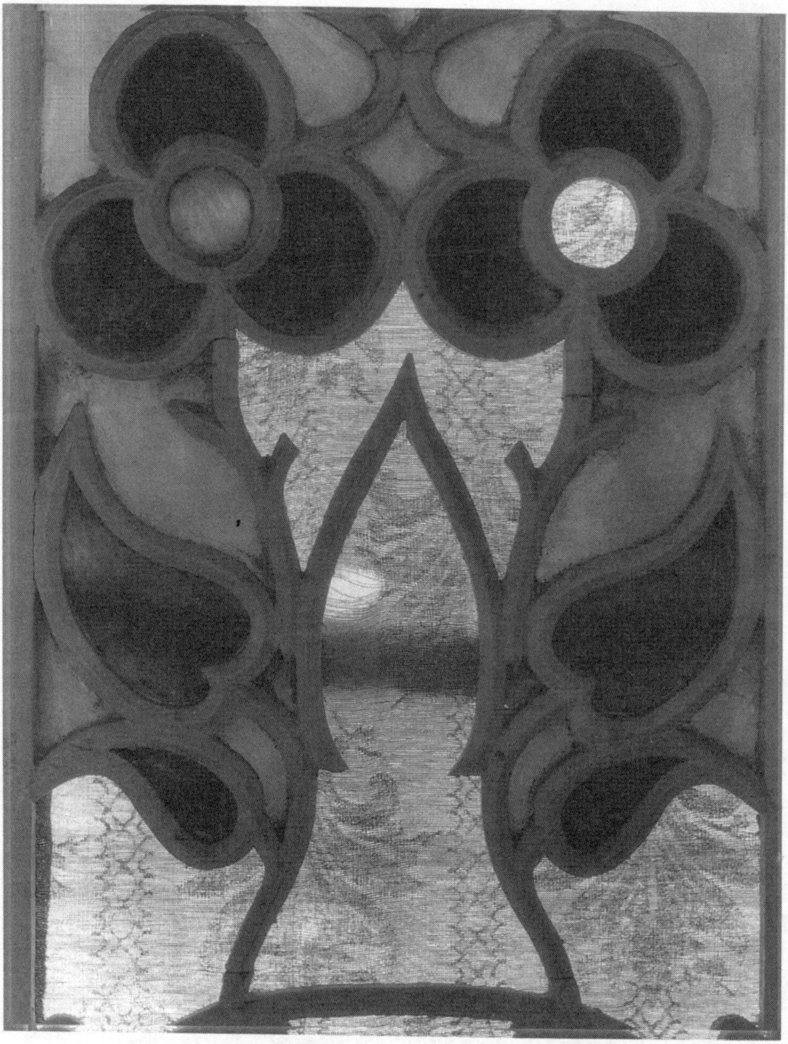

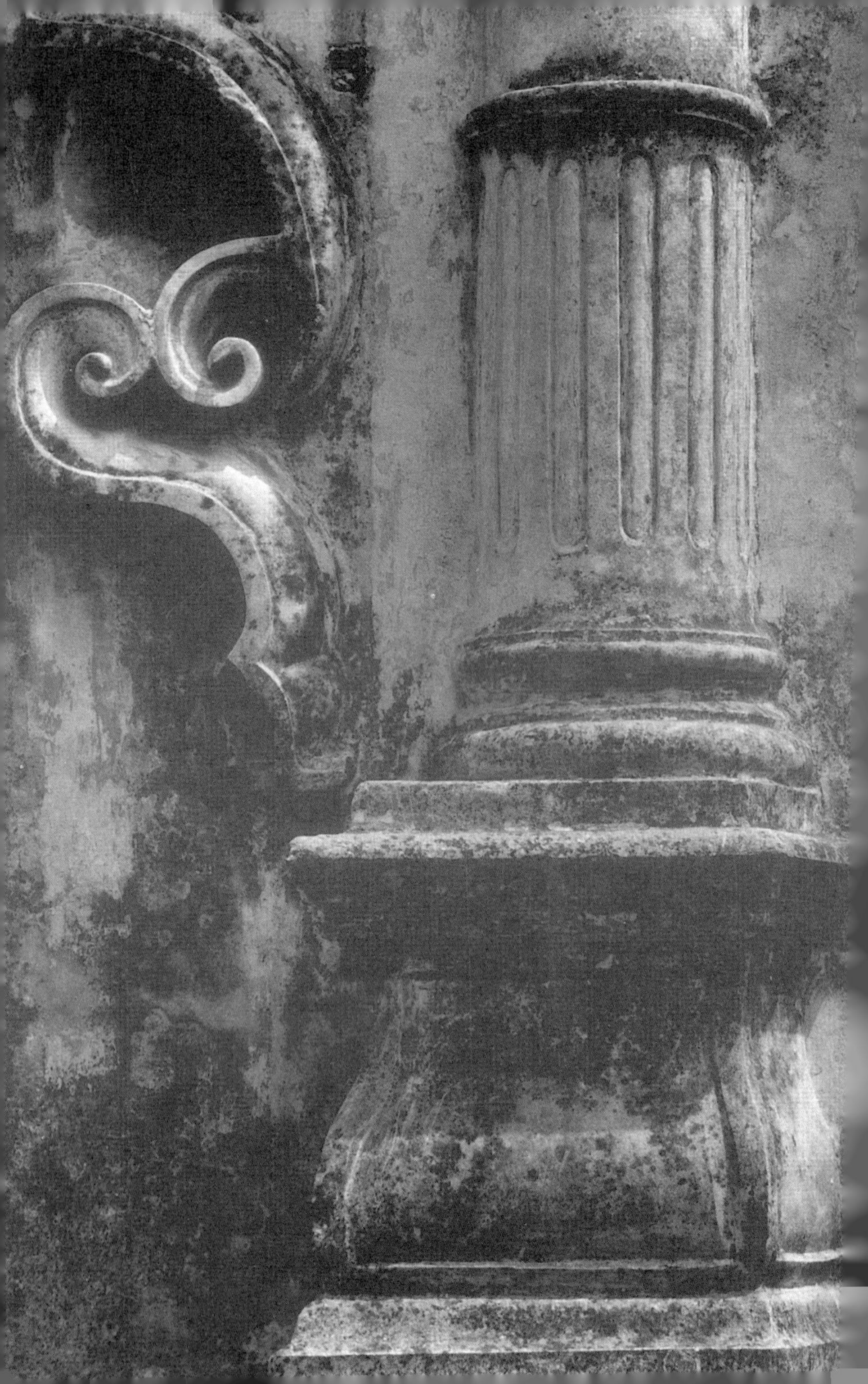

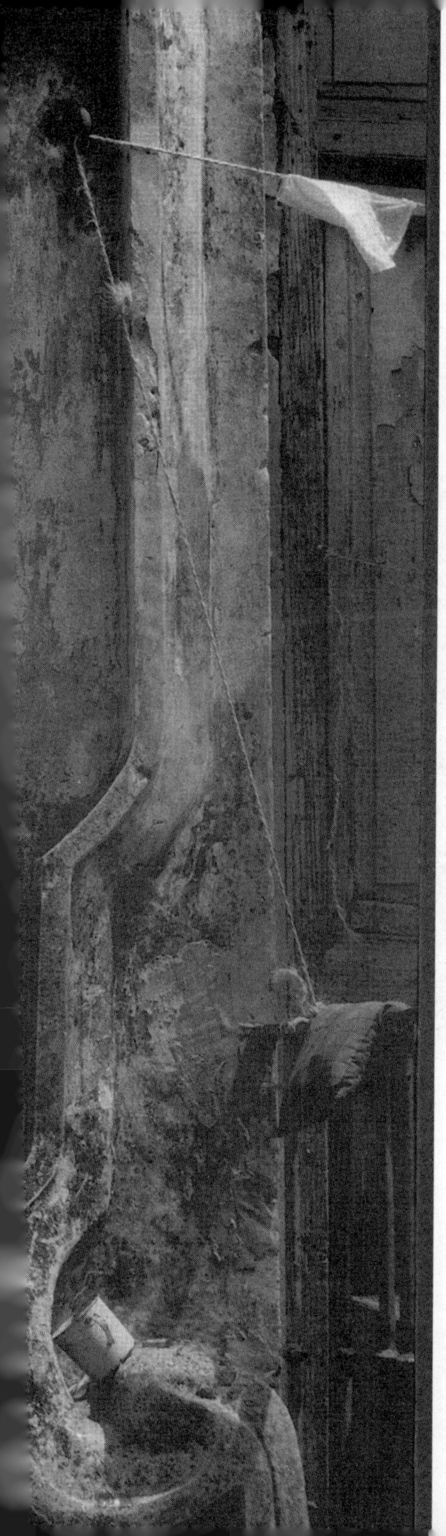

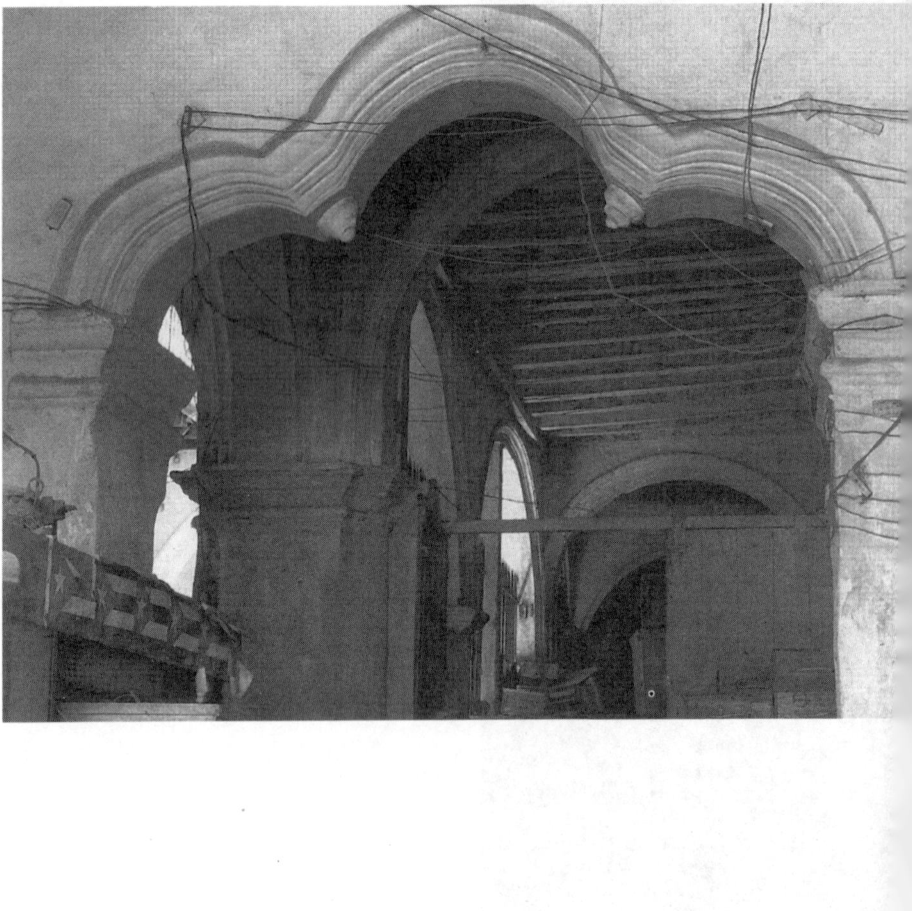

的"幔芭拉",下部是木板,上部经常装饰着两扇不透明的贴花玻璃,玻璃的顶端镶嵌在近似椭圆形的木框架里,框架的两个部分由石榴式样的木质穗状装饰相连。玻璃上的贴花是从琳琅满目的瓷器店里一米一米地买回来的,图案的选择体现了主人的品位:有花束,有小幅风景,也有风趣的市井万象——被人调情的穆拉托姑娘、嬉笑打闹的水手、死脑筋的驴子——除此之外,几何图案的贴花也颇为常见,比如回纹、圆环、阿拉伯花纹,等等。在那些多子多孙、几世同堂的大家庭里,"幔芭拉"[1]严密地阻隔了居住者的视线。生活在同一屋檐下的各门各户难免为鸡毛蒜皮的小事争执,但是因为有了"幔芭拉"的遮挡,住在宅院两端的家人间都养成了高声喊话的习惯,这反倒更加有利于彼此的交流。近年来的小说家经常喜欢描写人与人沟通上的障碍,但对于装有"幔芭拉"的家庭来说,这个问题并不存在,因为所有的喧嚣声都会透过流光溢彩的贴花玻璃,一路传递到栽种着槟榔与罗勒的庭院中最幽深的那片绿荫里。

反之,贵族豪宅里的"幔芭拉"总是庄重又坚固,上面雕刻着丰富的植物装饰纹样,常令人联想到博罗米尼[2]风格的

---

[1] 这里的"幔芭拉"与前文叠加在门上的"幔芭拉"不同,可以安放在家中的各个地方。
[2] 弗朗西斯科·博罗米尼(Francesco Borromini, 1599—1667),意大利巴洛克建筑大师。

波浪状线条。

在"幔笆拉"生动传神、堪称日常工艺品的年代，住宅里的"幔笆拉"以及学校里带着耶稣和圣雅各像的"幔笆拉"，与酒馆里的"幔笆拉"完全是两回事。后者被偷偷地裁短了一大截，这样一来，当行人路过的时候，就可以看到有个女人坐在里面，穿着修身的袜带，漫不经心地袒露着一双玉腿。通过"幔笆拉"的外形，一个人可以判断出他正身处何地、主人是个什么身份、自己又应该如何表现。无论是家具、内饰、纹章，甚至是一所豪宅的格调，都少不了"幔笆拉"的参与。它们被安放在花木扶疏的院落与五彩斑斓的半圆花窗之间，后者作为阳光与阴影的分界线，构成了古巴巴洛克主义的另一个重要元素。

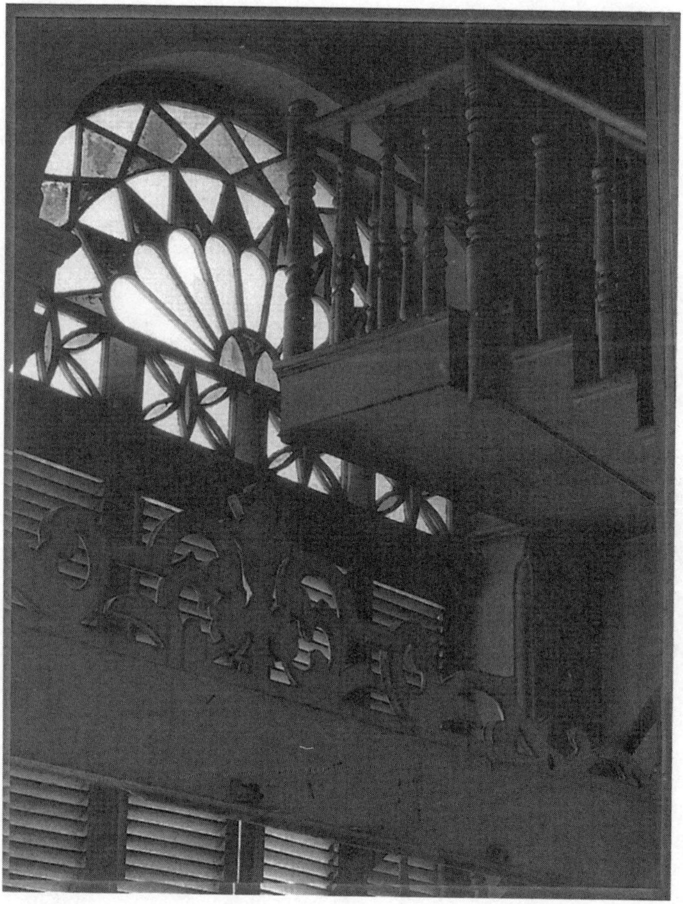

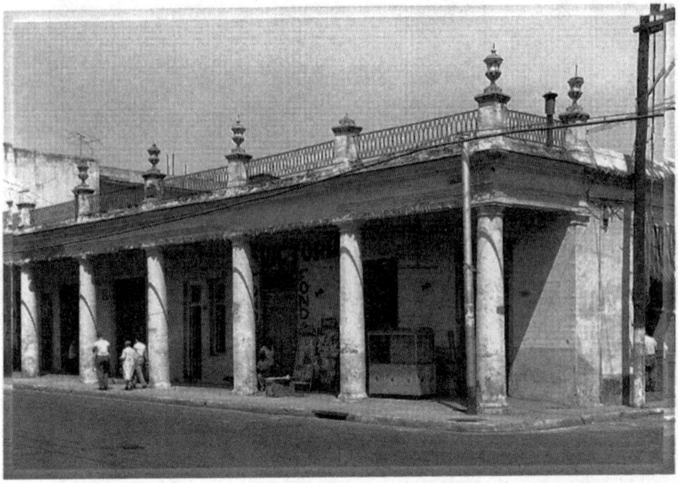

五

古巴的半圆花窗，指的是垂着百叶窗的房舍里开在内门、庭院和前厅上方的大型半圆玻璃窗。这种宫殿般富丽的内部采光元素，只有在极致奢华的宅院里那些精美的大窗户上才能见到。半圆花窗是古巴殖民地时代工匠们的发明。显而易见，在某位著名的法国建筑师[1]关注到里约热内卢的采光与透光问题之前，这些工匠早已经创造出这种智慧而又造型优美的"遮阳板"[2]了。值得一提的是，勒·柯布西耶的"遮阳板"[3]不是与阳光合作，而是打破它，碾碎它，对它敬而

---

[1] 指勒·柯布西耶。
[2] 原文为法语。
[3] 原文为法语。

远之。诚然,在我们这种纬度的国家里,阳光总是过于灿烂,时不时就会妄自尊大,令人生厌。但我们应该在互相理解的基础上去容忍它、适应它,并竭尽所能地驯服它。若要与太阳对话,就得先送它一副合适的遮光镜,这样才能换来它的慈悲为怀,而古巴的半圆花窗便在太阳与人类之间充当了译者的角色——对于这种本着《谈谈方法》的精神解决问题的方式①,双方都心领神会。倘若大驾光临的太阳过于辉煌,刚刚十点钟就令家中的女士们感到刺眼和烦心的话,那就必须改造、弱化、分散它的锋芒:所以人们在房间里装上了半圆的玻璃花窗,将飞流直下的阳光捣碎,将星辰般炽烈燃烧的明黄与亮金幻化成深蓝、水绿、柔橙、榴红和乳白,使室内免于恣虐的光线与反射的侵扰,永葆静谧与安详。随着"幔笆拉"在古巴的日益流行,它们的顶端也被镶上了扇形的彩色玻璃。太阳心里明白,若想进入那些老旧的豪宅——它们当年还是崭新的——就必须首先通过半圆花窗的海关,缴足阳光的贸易税,直至百炼钢化成绕指柔,才可以畅行无阻。

然而,用批判的眼光来看,古巴的半圆花窗只不过是一大片碎玻璃的集合而已,无力承载历史绘画的繁重细节,也

---

① 笛卡尔的哲学作品,按照其观点,在面对复杂问题的时候,可先将其分解成一个个简单的小问题来加以解决,作者在这里用笛卡尔的方法论来暗示半圆花窗对于阳光的散射作用。

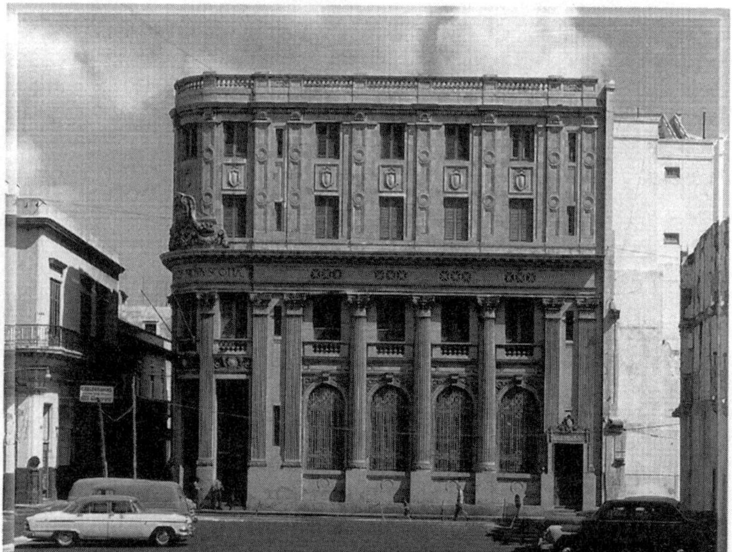

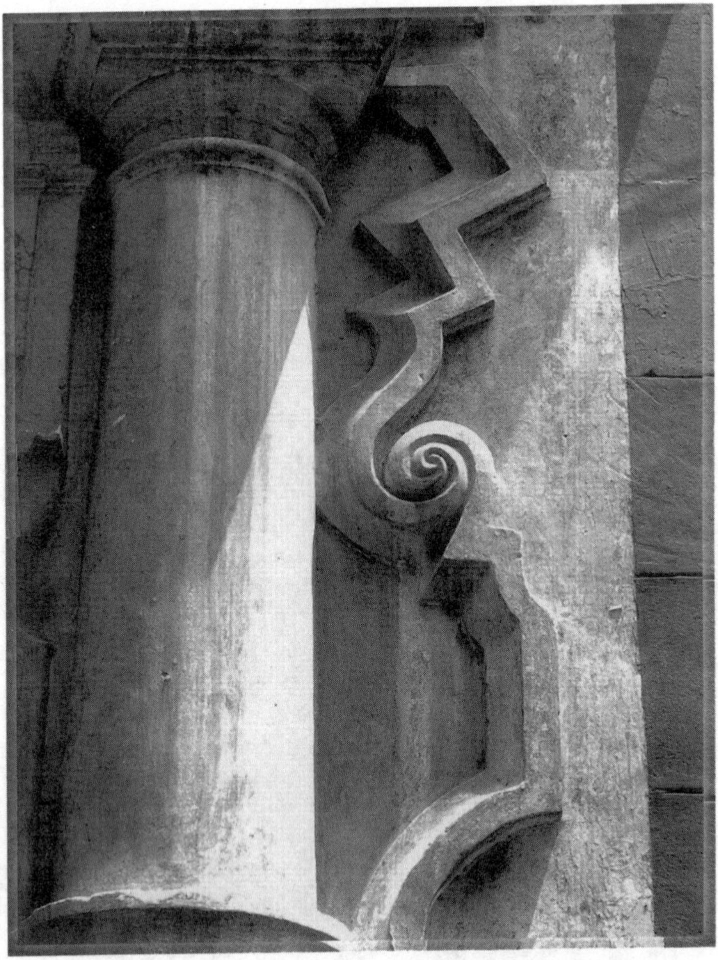

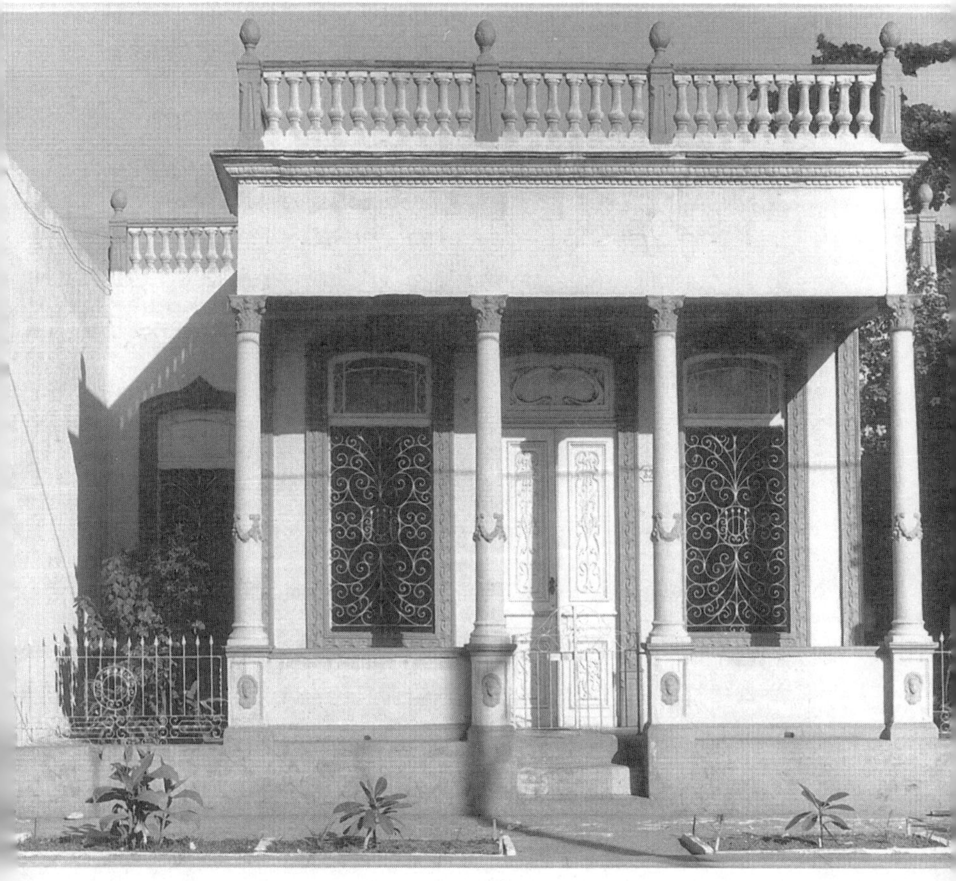

不是叙事的好载体①。有时候，半圆花窗会隐约呈现出一朵花、一个纹章、一片巴洛克羽饰的图样，但具体的形状总是看不分明。阳光透窗而过，变得温顺而又驯良。在有人想到系统性的抽象主义之前，由这些玻璃拼接而成的抽象建筑平面已经诞生好久了。它们如组合的三角，如交错的穹棱，如铺陈的纯粹色块，如花式的巨幅纸牌，在哈瓦那上百所住宅中，一边被盖棺定论，一边被推倒重来。它们历史悠久而又朝气蓬勃的存在，也阐释了古巴现代绘画的某些特点。这些绘画作品中的光源来自于内里，或者说来自于外部，也就是画布和画架背后的太阳。

至于在哈瓦那城中起着调节作用的上千座立柱（所谓调节，就是决定比例与尺寸的"模度"②），我们可以从它们非比寻常的兴盛中探求美洲巴洛克主义在此间别具一格的表达。古巴的巴洛克不像墨西哥城，不像基多，也不像利马。从建筑的角度上说，比起墨西哥那座色彩斑斓、闻名遐迩的圣弗朗西斯科·德楚鲁拉教堂③，哈瓦那倒是与西班牙的塞戈维亚和加迪斯更为接近。除了一座座十八世纪的祭坛，或

---

① 这里暗指宏伟的教堂里那些带有浓重宗教和历史色彩的玫瑰花窗。
② 原文为"modulor"，是由勒·柯布西耶在1946年创立的一套基于人体比例和数学原则的度量体系，旨在为建筑和工业设计提供一个符合人体尺度、具有和谐比例关系的尺寸控制工具。此处带有反讽之意。
③ 墨西哥最古老的教堂之一，以红砖和墙面上经典的彩瓷马赛克闻名。

A D
MCMXX

者说是祭坛的装饰画屏——画上刺杀恶龙的圣豪尔赫[1]就如路易·茹韦[2]扮演的拉辛[3]戏剧中的英雄一般，身穿紧身花边上衣，脚蹬齐膝厚底长靴——古巴并没有在雕刻、画像或者建筑上对巴洛克主义做出过什么值得称道的贡献。但幸运的是，这个国家就像墨西哥和上秘鲁[4]一样，生来就是混血的。所以它的巴洛克主义也同所有混血一样，是在共生、添加与交杂中孕育而生的。古巴的巴洛克主义体现在海量的多立安式、科林斯式、爱奥尼亚式以及混合风格的立柱和廊柱的积累、汇聚和繁衍上。它们的数量太多，多得连路上的行人都忘记了自己就生活在立柱之间，与立柱为伴，被立柱庇佑。它们为他丈量身体，为他遮阳挡雨，甚至在夜里守着他安然入梦。密密重重的立柱是巴洛克精神的产物。然而除少数特例外，这种精神并非体现在所罗门壁柱[5]盘曲螺旋的柱身上（遍布柱身的金色藤蔓雕刻为神龛遮挡了阳光）。巴洛克精神天经地义就是安的列斯群岛的精神，是这片"美洲地中海"中各个岛屿跨越文化的混血精神，它体现在对经典的柱顶范式既无礼貌又无章法的颠覆上。这样做原是为了建立一座座看上去守序宁静的城市，可如此严密的秩序却又时时处于飓风的窥伺

---

[1] 即San Jorge，又译圣乔治，原型是一名功勋卓著的罗马军官，因阻止对基督徒的迫害而被杀害，后被教皇封圣。传说中的圣乔治是上帝的骑士，为了搭救被当作祭品献给恶龙的少女，骑着战马英勇地杀死了恶龙。
[2] 路易·茹韦（Louis Jouvet, 1887—1951），法国著名男演员。
[3] 让·拉辛（Jean Racine, 1639—1699），法国古典主义剧作家。
[4] 即Alto Perú，西班牙在南美殖民时代末期的国名，大部分疆域位于今天的玻利维亚。
[5] 所罗门柱的独到之处在于螺旋状盘旋向上的柱身，而不是柱顶。

CAFE
OQUENDO
VENDEMOS
CAFE MOLIDO
FONDA
CHOP SUEY
FONDA
La Nueva China

之下。此地的夏季一直持续到十月，一到那个时候，阴云便会压上房屋的平顶，飓风便会将一切规矩彻底掀翻。哈瓦那的廊柱护卫着大理石砌成的卡洛斯三世大街，护卫着这座城市标志性的石狮子和希腊海豚簇拥下的印第安女神喷泉。而那些想象丛林中的树干，那些船头柱的柱身，那些不可思议的广场，都令我联想到波德莱尔诗句中的神殿，在那里，"活灵活现的柱子时常发出含糊不清的絮语。"[1]

---

[1] 原文为法语，语出波德莱尔的《恶之花》。

087

蓬勃"粗野"的哈瓦那，巴洛克精神的万花筒

（代译后记）

卡彭铁尔的小说《追击》中有这样一段情节。主人公因为出卖革命战友而遭到追杀，躲进了儿时奶妈的老宅里。他在禁闭的望楼里怀念校园时光，想起了大街上那些脏乱破旧的立柱。比起音乐厅里阳春白雪般的立柱来，这个建筑系大学生对寻常街巷中下里巴人的柱子更感兴趣。他曾暗暗想，有朝一日得为此写点什么，然而至死都未能动笔。

与他笔下的人物一样，阿莱霍·卡彭铁尔也曾就读于哈瓦那大学建筑系，后因家庭原因被迫退学。他的许多作品都蕴含着丰富的建筑元素，这与他个人的专业素

养是分不开的。有趣的是，虽然《追击》的主人公还来不及为哈瓦那的柱子"写点什么"便死于非命，但多年以后，卡彭铁尔亲自替他完成了夙愿。一九六三年，旅居古巴的意大利藉摄影师保罗·加斯帕里尼出版了一部表现哈瓦那街头建筑的摄影集，卡彭铁尔作为摄影师的好友，专门为这本影集撰写了文案。此文先是被收录进他的散文集《触碰与差异》，后来又以《千柱之城》之名配图独立出版。在这部作品中，摄影师和文学家仿佛心有灵犀，将镜头与文字对准了同样的方向。两人的影像与文字相得益彰，甚至会令读者产生一种错觉，好像加斯帕里尼的照片是专为卡彭铁尔的作品拍摄的，而不是正相反。作家本人也在《我小说中的地理》一文中提到："……我在小说（《追击》）中描绘了哈瓦那的建筑图以及某些街区和地点……这些都出现在我刚在巴塞罗那出版的一本带着保罗·加斯帕里尼摄影照片的书里。这本书写的是哈瓦那的建筑，特别是出现在《追击》里的那些地方。"

在《千柱之城》中，卡彭铁尔怀着对故乡刻骨铭心的爱，用五个章节描摹出哈瓦那老城沧桑而动人的美。这座城市建成于一五一九年，从最初的一座广场、一所教堂和几座寒酸的楼房开始，经过五百年岁月的洗礼，渐渐成了美洲大陆上最具魅力的城市之一。哈瓦那老城更是以其美轮美奂的建筑和深厚的历史底蕴入选世界文化遗产。但卡彭铁尔与他小说中的主人公一样，对闻名遐迩的城市地标不感兴趣，倒是对日常生活中随处可见的立柱、栅栏、阳台隔、半圆花窗和"幔芭拉"（屏风）情有独钟。这些不起眼的建筑元素，出自于最普通的工匠之手，散落在街头巷尾，从不登大雅之堂。但卡彭铁尔认为，它们才是古巴建筑最具代表性的"常量"，这些常量赋予了哈瓦那独树一帜的风格，使之成为拉丁美洲大陆上最独一无二的城市。

当然，《千柱之城》远不止一篇文笔优美的"哈瓦那城市概览"或者《追击》补充阅读指南"那么简单。卡彭铁尔在其中的每一处细节里都倾注了自己的艺术理念。他笔下的哈瓦那不但是一座风格独特的城市，更是巴洛克风格最集中的体现，甚至这篇文章本身，也可以看作巴洛克在文字上的具象化。

一、何为巴洛克

巴洛克是卡彭铁尔个人最鲜明的创作风格，也是他对拉丁美洲最坚定的执念。智利批评家路易斯·哈斯就曾带着些许揶揄评论道：

他（卡彭铁尔）偏爱典型，或者说，偏爱大街小巷里那些不起眼的芸芸众生。他把自己的风格叫作"巴洛克"，并将其定义为美洲大陆的专属特色。他斩钉截铁地宣称："拉丁美洲的艺术只能是巴洛克的，否则就不是拉丁美洲的艺术。"根据他的观点，那些风马牛不相及的事物都是巴洛克式的。比如墨西哥殖民时期甜腻的建筑，比如维拉-罗伯斯的音乐以及博尔赫斯的魔幻故事。①

哈斯对卡彭铁尔的评价正确与否,不同读者尽可以有不同的看法。但无论我们怎么看,这段话都道出了一个客观事实——卡彭铁尔本人对于"巴洛克"的定义,远比传统认知中的"巴洛克"要宽泛得多,也深刻得多。②

巴洛克的原意是"不规则的珍珠"。这个以"不规则"著称的词语,在字典上有着极其"规则"的定义:巴洛克在建筑、绘画与雕塑方面,特指起于十七到十八世纪、包含着大量螺旋和曲线的装饰、富于动感、表现性强的艺术风格;在文学方面,代表着一种极具装饰性、充满修辞元素的语言;在音乐方面,特指十七到十八世纪新的表达方法和门类。巴洛克主义十分注重浮华繁琐的装饰,与崇尚理性和规范的古典主义形成了鲜明的对比。

根据字典释意,首先,巴洛克有严格的时间限制,

---

① 《我们的作家:拉美文坛十圣》,(智利)路易斯·哈斯 著,陈皓 等 译,人民文学出版社 2024 年版,第 23 页。
② 卡彭铁尔对巴洛克主义的论述详见收入散文集《触碰与差异》中的《巴洛克与神奇现实》("Lo barroco y lo real maravilloso")一文。

其存在的年代定格在十七到十八世纪；其次，无论什么艺术门类，只要与巴洛克相关，都难逃浮夸累赘、矫揉造作的刻板印象，与庄重质朴、和谐理性的古典主义相比，"花里胡哨"的巴洛风格常被认为是一种颓废堕落的倾向。

卡彭铁尔对字典的解释嗤之以鼻，甚至在他看来，给世界上所有词语"制定规则"的字典，本身就是"不守规则"的巴洛克反抗的对象。而字典对"巴洛克"的狭隘定义，更是与巴洛克的本质没有任何关系。比如，巴洛克绝没有十七到十八世纪的时间限制，正相反，它是一种超越了时空、文化与国界的艺术，因为巴洛克的实质是一种精神，一种创作的冲动。它不但循回往复地出现在从古至今各个国家的艺术创作里，也将继续循环往复地出现在全人类无限广阔的未来中。

与庄严理性的古典主义比起来，巴洛克在世人眼中常有"华而不实"之嫌，甚至被认为是一种"堕落"（decadente）的艺术。卡彭铁尔特别反对把"堕落"的污名扣在巴洛克头上。他大声宣称，那些所谓"堕落"的表现形式，不但不堕落，而且代表了文化和艺术的高峰。塞尚、莫奈等法国印象派画家，在他们的时代被视为"堕落"；与贝多芬同时代的作曲家，也将他的作品视为"堕落"；贝多芬之后的作曲家，如瓦格纳、德彪西等，都有被人视作"堕落"的经历。然而历史可以证明，真正"堕落"的并非他们这些艺术天才，而是当时那套将他们革命性的创新视为"堕落"的评价体系。在这套体系的陈规教条下，只有被评价为"堕落"的艺术，才代表了未来的方向。它们在动荡不安的变革中野蛮生长，带着初生牛犊般的鲁莽和生命力，无所顾忌地挑衅着既有的秩序和权威，这才是巴洛克的精神内核。

在字典的刻板认知中，巴洛克是古典主义的对立面。但卡彭铁尔认为，这个说法不仅曲解了巴洛克，也曲解了古典主义。古典主义建筑，比如希腊帕特农神庙、西班牙埃斯科里亚宫和法国卢浮宫，都有一条明确的中轴线，将建筑的正立面分为均等的两半。建筑正立面各个立柱之间的留白，与立柱本身共同构成了对称的几何线条，不但成比例地分割了平面，而且勾勒出建筑与外部环境的边界。所以立柱间空旷的留白几乎与立柱本身同等重要，它们共同构成了庄严肃穆的立面，极致彰显了古典建筑的恢弘理性、和谐对称之美。

在某些人的刻板印象中，古典主义是一种模仿古希腊和罗马范式的文艺体系，卡彭铁尔认为，这个定义跟"古典主义"的实质毫无关系。因为"模仿"从来都不是古典主义，而只是墨守陈规的学究主义。学究主义往往盛行于保守稳定的时代，与一切创新为敌，与一切敢于打破规则的新事物为敌。而推崇革新和变化的巴洛克，却每每出现在即将产生新秩序的动荡时代。在浩瀚的历史长河中，这样的时代往往意味着人类文明的高峰。也正因如此，卡彭铁尔在《千柱之城》里才会用"或好或坏，坏多于好"来形容哈瓦那的建筑风格。这句话是一句反语，其中的"好与坏"，是学究主义的价值判断，而巴洛克的标准恰是与学究主义相反的——坏才是好，好才是坏。

与古典主义节制理性、注重留白的风格正相反，巴洛克的建筑风格恐惧留白，恐惧没有装饰的表面，也恐惧几何线条构成的和谐。无论巴洛克的绘画、雕塑还是建筑，中轴线并不总是像古典主义建筑那样明面可见的，而是经常隐藏着的。在这条看不见轴线周围，艺术元素以一种运动的、极具冲击力的方式，由内向外地发散，迅猛地复制繁衍，最终喷薄而出，甚至撑破了作品本身与外部环境之间的结界。卡彭铁尔曾特别提到巴洛克艺术大师乔凡尼·洛伦佐·贝尼尼的雕塑《圣特蕾莎的狂喜》和梵蒂冈圣彼得大教堂。他认为后者就像关在笼子里的爆炸的太阳。它是那么丰富明亮地从建筑的框架中溢出来，完全压倒了最面外的立柱。另一个例子是托雷多教堂主祭坛后面的雕塑。祭坛上的穹顶开着天窗，从天窗里透进来的光芒随着太阳在天上的轨迹而变化万千。从清晨到傍晚，雕塑里的每一个人物也随着光影的变幻在无休止地运动,无论天使、人类和圣徒,都仿佛跳着舞蹈从天而降。

厘清了巴洛克与古典主义的区别,也许我们才能理解,为什么卡彭铁尔会把林立在哈瓦那街头的立柱称为这个城市风格中"最为标新立异的常量"。在哈瓦那建城之初,立柱只是少数有钱人私宅里中规中矩的装饰物。它们安静地伫立在优雅的庭院里,彰显着古典主义的气派和庄严。但随着城市的繁荣和扩张,带立柱的建筑已经不是贵人们的专属,它们像雨后春笋一般,以各种奇形怪状的造型,良莠不齐地填满了城市的大街小巷,完全融入了底层民众的生活。卡彭铁尔在《追击》中对街头立柱有一段生动的描写:

柱头的环带上挂满了洗染店、理发店和冷饮店的招牌,活像满身的脓疮。在它们投下的阴影里,挤满了卖馅饼、冰激凌和酸角汁的小摊子,嗞嗞啦啦炸东西的声音不绝于耳。

透过这段文字，我们可以看到，"恐惧留白"的巴洛克，如何在哈瓦那街头完成了对"崇尚留白"的古典立柱的改造：熙来攘往的人流填满了立柱间的空旷，市井的喧哗声消弭了庄严肃穆的气度，光洁的柱身上像贴膏药一样挂满了花花绿绿的招牌。随着柱子海量地出现，它们不再是某位声名卓著的建筑师的杰作。随便哪一位拙劣的工头，便可以天马行空地仿制出各种风格的作品，混搭出各种标新立异的视觉效果，如同《追击》里的这段描述：

诞生于伟大殖民时代的恢弘立柱，与旁边涂着橙色和蓝色的涂鸦的立柱比肩而立，就如同古代凯旋门的宏伟遗迹，凭空降落在插满了向日葵和异想天开的混血元素的甜品铺子旁。

卡彭铁尔在《千柱之城》中写道：当这些柱子从"早先的华庭涌向寻常巷陌的时候，它们也就逐渐写就了一部历尽岁月的自我沦落史"。这里的"沦落",与前文里的"坏多于好"一样,是学究主义标准下的沦落,同时也是巴洛克精神下的升华。

二、没有风格的"阴影之城"

《千柱之城》以欧洲科学家洪堡的著作开篇。他在短暂游历古巴后,不留情面地指出:"这里跟欧洲最古老的城市一样,只有经过漫长的时间,才能把规划得一塌糊涂的街道改造好。"

一位初来乍到的德国学术权威,在一座陌生的美洲热带城市里没逗留多久,对美洲独特的气候、历史、文化等因素完全不熟悉,只是下意识地对标欧洲经验,将哈瓦那的城市规划衡量了一番,便武断地甩出了一个"一塌糊涂"的论断。这种高高在上的态度,不但带着鲜明的"欧洲中心主义"烙印,也恰好是上文提到的"学究主义"的典型。而卡彭铁尔作为推崇巴洛克精神,又致力于为拉丁美洲写作的本土作家，自然不服洪堡的论调，所以从文章的开头就把他树成了"靶子"，并在批判洪堡、破除人们对欧洲中心主义的迷信的同时，举起了美洲本土独有的巴洛克混血美学的大旗。

除了洪堡之外，另一个更明显的"靶子"是现代建筑的旗手、城市规划家和机器美学的奠基人勒·柯布西耶。我们在《千柱之城》中，处处都可以看到卡彭铁尔对他的揶揄和反讽。勒·柯布西耶的的建筑思想在发展中国家产生了深远的影响，特别是印度和拉丁美洲。二十世纪五十年代，巴西新首都巴西利亚的城市规划就完全传承了他的理念。勒·柯布西耶推崇高度的理性主义和建筑的功能性，主张以几何学模式对城市进行重新布局，通过笔直的街道和立体式高楼来提高城市密度；通过增加立体交通和公共绿地来减少拥堵、改善环境。勒·柯布西耶的城市规划彰显了秩序和统一性，比较适应工业化时代的特征，同时也因为忽视了公共空间和居住空间的宜居性以及城市文化遗产的保护和传承而饱受非议。他曾依据自己的理念,以三百万人规模的"现代城市"为目标,重新设计了巴黎的城市规划。但如果按照他的方案行事,需要拆除大量历史老建筑,拓宽路面,修建多幢高层办公楼,这显然是不可能的。许多批评家认为勒·柯布西耶的规划过于激进,没有人性。

如果我们粗暴地套用勒·柯布西耶现代建筑理念,狭窄逼仄、嘈杂凌乱的哈瓦那老城区的确称得上"一塌糊涂"。然而卡彭铁尔一针见血地指出,这种貌似科学的论断,实则忽略了城市在气候环境上的独特之处,本质上并不科学。他结合哈瓦那炎热和光照强烈的本土特色,深入浅出地阐述了那些多风的"修士街角"、刻意制造阴影的狭窄街道、散射和过滤阳光的涂鸦彩墙和半圆花窗等,是如何在最日常的生活中,以一种质朴而又天才的方式,为一座热带城市的居民带去了宝贵的清凉,从而证明"城市规划"并非发达国家的专利。早在以勒·柯布西耶为代表的西方学者提出"城市规划"的理论之前很久,在拉丁美洲这片土地上开疆拓土的先人们,就在因地制宜地实践着自己的"城市规划"的理论，而且远比那些貌似高深的西方学者更加成功。所以卡彭铁尔在文章中反问世人："在（哈瓦那城市规划）这表面的'糟糕'背后，是否隐藏着一种伟大的智慧，满足了热带地区当下依然面临的最大需求？"他以此向欧洲中心论和殖民主义宣战，为拉丁美洲的本土精神正名。

卡彭铁尔在《千柱之城》中，将哈瓦那老城叫作"阴影之城"，并将阴影看作"自二十世纪起那一切向着西方萌发和生长的事物的对照面"。在这个隐喻中，阳光代表着强大的西方文化霸权，阴影代表着起源于欧洲又与美洲本土特色混血杂糅的巴洛克精神。在哈瓦那这座烈日炎炎的城市里，阳光是强大的，而阴影是弱小的。但是阴影从未屈服于阳光的强大，反而以一种戏谑的姿态与阳光"捉迷藏"，昂扬地挑战着阳光的权威。这段话表面上写的是建筑，实则蕴含着作家本人对西方殖民主义无声的反抗，以及摆脱欧洲中心主义、树立拉丁美洲本土新文化的热切追求，这也是《千柱之城》的写作初衷。

卡彭铁尔笔下的哈瓦那，是一座充满了"没有风格的风格"的城市。没有风格，换一句话说，就是什么风格都有，而且以一种意想不到的方式混搭在一起，充满了戏剧性。比如文中提到的圣克拉拉古修道院，这座清净幽闭的宗教禁地，却不合时宜地挨着一排"伤风败俗"的小酒馆，还靠近最开放的码头。而那个以"水手之家"命名的面包房，顾名思义是从码头回来的水手们放浪形骸的地方，却在城市的扩建中，名正言顺地被圈进了最正经的女修道院。在这座凌乱混血、颠三倒四的城市里，仿佛一切东西都会脱离原有的秩序，出现在最令人意想不到的地方，挑战着我们固有的认知和想象力。这样的文字不但在《千柱之城》中比比皆是，也出现在小说《追击》对哈瓦那街景的描绘中。比如下面这段文字，就可以看作《千柱之城》的一个补充：

街上的建筑五花八门，把加利福尼亚式、哥特式、摩尔式等流派混成一体。有的像微缩版的巴特农神庙，有的像装点着小灯泡、安着百叶窗的希腊神庙。文艺复兴风格的别墅矗立在海芋和三角梅的丛林里，病恹恹的柱子扛着顶盘。大街，小巷，门廊，路旁，全都是明亮如白昼的柱子，没有任何一个城市能拥有这么铺天盖地的柱子。它们在秩序中无秩序地泛滥：多立安柱不合时宜地立在正墙的轴心上；半个街区外的洗衣店里，塌鼻子的女像柱顶着木质的过梁，庄严肃穆的科林斯柱带着螺旋和莨苕叶的柱头，华丽丽地杵在挂满了湿衣服的晾晒间。有些柱顶被日晒侵蚀得瘢痕累累，活像开裂的脓疮；有些柱身的凹槽涂了油漆，留下一个个脓肿似的鼓包。明明是高处专用的装饰图案却常常出现在低处——穹顶下的花形饰被雕在了栏杆上；檐口上的齿状饰被挪到了伸手就能够得到的地方。倒是那些神似底座或者柱墩的罗马瓶和骨灰瓮装饰，作为齿状饰的替代品，挺立在被一大团缠着绿植、乱成鸟窝的电话线所掩盖的檐口上。本该出现在檐壁上的排挡间饰成了阳台的点缀，成米售卖的铸铁腰线刻着斯芬克斯拷问俄狄浦斯的图案，连接着尖顶穹拱和牛眼窗,并排重复四次。

　　这种充满了错位与矛盾的风格,也渗透在哈瓦那日常的生活之中。在这座神奇的城市里,地上的东西可以上天,天上的东西可以下地,前面的东西可以放在后面:没有一样东西的位置是固定不变的。比如《追击》里,圣周游行时走在队伍最前面的专属乐队,偏偏以"终点"命名;当铺里的椅子不是摆在地板上,而是倒挂在天花板上。再比如《千柱之城》里的"阳台隔",它"把凝聚在这座克里奥尔风格的城市中的巴洛克建筑元素从大街上抬升到了楼层上"。而哈瓦那民居中的凉亭,可以随时按照风向灵活设置,以便主人和客人能够更好地享受随季节而变化方向的海风。民居格局中这类因地制宜的调整,把"前厅"固有的待客功能转移到了后院甚至厨房旁边,从而在最不经意的日常中,彻底颠覆了传统的习俗和礼数。这种不停歇的打破、重建与再生,就像因为"阳台隔"的盛行而起死回生的铸铁工艺一样，赋予了老朽之物以崭新的内容，使它们在恒动的革新中重现青春与魅力。

一方水土养一方人，哈瓦那标新立异的风格，得因于独特的自然环境。"此地的夏季一直持续到十月，一到那个时候，阴云便会压上房屋的平顶，飓风便会将一切规矩彻底掀翻。"飓风导致的稳定与颠覆，无序与守序，犹如两股强大对立的力量，一年一度地交替抗衡，永不停歇，恰似卡彭铁尔笔下半圆花窗，"在哈瓦那上百所住宅中，一边被盖棺定论，一边被推倒重来"，从悠久的历史中焕发出蓬勃的生机。

三、巴洛克与克里奥尔主义

卡彭铁尔对巴洛克精神的推崇与他个人的经历息息相关。他的父亲是法国人，母亲有俄国血统，在法国和古巴两地完成了中学和大学教育，在巴黎度过十一年时光后又回到美洲。古巴革命后，他在政府中担任要职，访问过包括中国在内的许多国家，最后以古巴驻法国大使的身份病逝于巴黎。他博闻强记，在文学、音乐、建筑、历史方面都有令人惊叹的造诣，对印第安文化、黑人音乐、欧洲超现实主义都有深入的研究。正如路易斯·哈斯所说："卡彭铁尔走遍了我们这个世界，尝试将遇到的一切都吸收整合，直至完全化为己有。"[1]这种兼容并蓄，包容一切的胸怀和态度，注定了他的作品的开阔视野和哲学高度。

因为见识过人类文明的缤纷多元，卡彭铁尔坚持认为，巴洛克作为一种"常量"，一种恐惧空间、逃避几何秩序和蒙德里安现代风格的艺术，不仅仅是欧洲的专属，而是属于全世界的。比如印度石窟里的那些情欲微醺，带有精致如阿拉伯花纹的佛像，就是巴洛克的艺术。这些雕塑的焦点是伸向无限远处的，虽然是静止的，但会从中绵延出一股无尽的动感，让观赏者感到，它们可以蔓延到更远的地方和更广阔的空间，那里还可

---

[1] 《我们的作家》，第7页。

以雕刻出更多的佛像。除此之外，莫斯科红场上的圣巴西勒教堂、布拉格查理大桥上的圣徒雕塑，都是巴洛克艺术的典范。这样的态度不由得令人联想起他在《时间之战》里的短篇小说《先知》。在这部以大洪水为题材的作品中，卡彭铁尔别出心裁，以美洲自己的造物神阿玛利瓦克长老为主角，写他在洪水到来之前，得到蛇神的神谕，率领子民建造美洲自己的"方舟"的故事。更有趣的是，在这个过程中，阿玛利瓦克长老还遇到了驾着方舟前来会合的东西方各路神仙，《圣经》里的挪亚只是其中普通的一员，虽然"傲慢自负"，但"他的神谕跟其他神仙的毫无差别"。这篇故事以诙谐幽默的笔调，表现了对世界各民族文化的平视和尊重，讥讽了以挪亚为代表的西方文化中心论，也印证了卡彭铁尔自己说过的话："我认为拉丁美洲知识分子拥有最广阔、最完整、最普遍的世界观……我们对世界的看法是最具共性的。"[1]

巴洛克是跨越时空的，它可以在任何时刻、任何年

---

[1] 《我们的作家》，第9页。

代里繁荣发展，即使在今天，巴洛克风格也可以在现代建筑中体现出来。因为它本质不是囿于历史的某种风格，而是一种生生不息的精神。至于文学方面，卡彭铁尔认为，虽然古希腊的戏剧不是巴洛克的，但印度文学和伊朗文学是巴洛克的。西班牙文学中，塞万提斯的作品不是巴洛克的，但是克韦多、卡尔德隆和贡戈拉是巴洛克的。莎士比亚的戏剧，混乱而铺张，貌似纷杂，毫无留白，毫无死去的时间，但每一幕都自成一个可以繁殖的细胞，构成了整个情节：这是经典的巴洛克风格。而法国作家拉伯雷，发明了词汇，丰富了语言，当动词不够用的时候就发明动词，当副词不够用的时候就发明副词，甚至可以用七十个不重样的词语来描写马其顿攻城时的十八般武器，更是代表了巴洛克的巅峰。而后来的浪漫主义，终结了古典戏剧刻板的三一律，倡导专注人物内心，外化他们的激情，描写狂风暴雨的环境。这些属于资产阶级而不是贵族阶级的浪漫主义的主人公，是第一批乌托邦的信徒，经常被认定为失败者，做白日梦、意气用事、不讲道理。但他们行动着，或者用自身的行为来表达何为行动，所以他们也是巴洛克的。他还认为普鲁斯特的小说也是最伟大的巴洛克作品之一，他笔下的句子里总会衍生出另外的句子，铺陈蔓延。他特别提到，普鲁斯特在《追忆似水年华》中，以巴洛克式发散的联想将沿街小贩的叫卖声与中世纪的宗教赞歌和十九世纪德彪西的音乐联系在一起，从而玩了一场令人炫目的时间游戏。卡彭铁尔对普鲁斯特的评价，令人不由得想起了他在《时间之战》中的另一篇短篇小说《避难权》，主人公在禁闭中远望着窗外的五金店，在头脑中掀起了一番跨越古今、天马行空的联想，这个情节与普鲁斯特的作品极为相似。而《千柱之城》里关于小贩的描写，也能看出他从普鲁斯特那里得来的灵感：

吆喝声像悼亡经一样周而复始地回响；卖货郎在东家长西家短地多管闲事。比车板还大的大钟一敲，甜品小贩就循声而至。水果车上点缀着羽毛一样的棕榈叶，活像棕枝主日的游行仪式。大街上卖什么的都有，一幕幕街景宛若拉蒙·德拉克鲁斯笔下的市井喜剧……

站在这样的视角上看，充满了混血、变化、运动、杂糅的美洲，实则是巴洛克文明的天选之地，它本身就脱胎于共生与杂糅。成为了生活在这片土地上的"克里奥尔"人的共同的精神——这里的"克里奥尔"，并非狭义地指那些出生在美洲本土的欧洲白人后裔，还包括了美洲的黑人和印第安人。克里奥尔人讲着西班牙语，却不是西班牙人。他们带着混血的基因，在美洲大陆上出生长大，天生具有成为另一种新人的意识，而这是巴洛克精神产生的源泉。从《波波尔·乌》记载的神话，到阿兹特克文明中的五个太阳；从土著人的神庙中的繁复地填满一切空间的装饰，到殖民地前的民居和花园；从考古发现的衣食住行，到印第安人的诗篇；从充满意象的丰富的土著语言，到以盘蛇装饰的神庙，无不闪耀着巴洛克的光芒。至于殖民地时期建成的密特拉教堂的外立面，那一片大小相同却花纹各异的雕塑，甚至令人联想到贝多芬《迪亚贝利三十三首变奏曲》——卡彭铁尔认为，美洲从未诞生过真正的哥特风格和浪漫主义，实际诞生的只是这两种风格在艺术中常见的那种复杂的花叶形装饰。当殖民时代到来，本就是巴洛克风格的印第安艺术与西方的巴洛克主义相交融，再加上新世界独有的植物纹样，便诞生出诸多著名的教堂，在它们的外立面上，经常看到热带植物与天使和圣徒们交缠在一起，成为了新世界巴洛克风格的典范。

在《千柱之城》和他的许多作品关于建筑元素的描述中，都可以看到大量关于植物花纹的细节描写。而《千柱之城》的西班牙语原文，通篇尽是罕见的长句，经常可以延伸到半页纸的长度。重重叠叠的复句嵌套在一起，宛如铁栅栏上一圈又一圈的螺旋，宛如"幔芭拉"上勾连缠绕的花朵与绿叶，纷繁、优美，一开头就看不到结尾，堪称巴洛克风格在文字中的化身。译者在翻译中，力求体现出这一点，但因为中文与西班牙语的差距太大，最终还是留下了很多遗憾。因为本人水平有限，译文难免有疏漏之处，还请广大读者不吝批评指正。

陈皓

2024 年 10 月于青岛大学